# ママ母ですがっ！
## ～ひとりぼっちだった私が、ぽかぽか大家族の一員になるまで～

雨宮れん

# 目次

Characters
ベス（エリザベス）
生活魔術を授かったことで
虐げられてきたオルディス伯爵家の長女。
家を出て「ベス」として自由に生きるつもりだったが、
困っているスタンレー公爵を助けた際に
ニコラスに気に入られ、
継母として公爵家で暮らすことに。
ザカリー
長男。姉である
カトリーナが大好きで、
弟のニコラスには
兄らしく振る舞う、
姉弟思いの優しい子。
カトリーナ
弟達を守ることに
必死な三姉弟の長女。
ベスに対して反感を
持っているのには
他にも理由があって…？
ニコラス
家族のアイドル的存在な末っ子。
きらきらしたものが好きで、
ベスが生活魔術で作り出す
シャボン玉が大好き。
ママ母ですからっ！
〜ひとりぼっちだった私が、
ぽかぽか大家族の一員になるまで〜

## スタンレー公爵家

### ヴィンセント

亡き姉の子供達を
引き取ったスタンレー公爵家当主。
子供達を法的に保護するために
ベスに契約結婚を持ち掛ける。

### エヴァン

ヴィンセントの従者。
普段は親しみやすく、
砕けた口調になることも。

### ルーシー

職務に忠実で
生真面目なベスの侍女。
子供達からも好かれている。

## ケンドリック侯爵家

### ケンドリック侯爵夫妻

ヴィンセントの
姉の嫁ぎ先で、
子供達からは祖父母にあたる。
ある事故で息子と嫁を
同時に亡くし、
孫達の行く末を
心配している。

## オルディス伯爵家

### オルディス伯爵

ベスとアンジェリカの実父。
ベスが生活魔術しか
授からなかったことで
無能と虐げてきた。

### アンジェリカ

ベスの異母妹で、
両親から溺愛されている。

# プロローグ

春の花が咲き乱れる庭園を、たくさんのシャボン玉が飛んでいる。

「ママ！　もっと！」

ママ、と呼ばれたベスは、呼びかけに応えるように右手を上げた。左手には、赤く染められた革表紙に金色で文字が記された魔術書を携えている。

きつい印象を与えがちな赤みの強い髪色と、つり上がった緑色の目の持ち主なのだが、満面の笑みを浮かべている今は、そんな印象は皆無である。

ベスの足元には、シャボン玉を作るための液がバケツにたっぷり用意されていた。

「ニコラスさん、しっかり見ていてくださいね」

「あい！　ニコも！」

空《から》の右手を高々と上げているベスに合わせるように、ニコラスも両手を上げた。小さな手が、空中で踊るように動く。

「いきますよー！」

ベスの声と共に、足元のバケツからたくさんのシャボン玉が舞い上がった。ニコラスの指に合わせてベスも指を振り、シャボン玉を動かす。

ご機嫌になったニコラスがきゃっきゃと笑う。

「ニコも、つくる！」

ベスがニコラスに渡したのは、ストローと小さなカップ。シャボン玉用に、事前に用意しておいたものだ。

「そっと、そっと吹いてくださいね」

声をかけると、ニコラスは用心深くそーっとストローに息を吹き入れた。

ふわっと膨らんだシャボン玉は、どんどん大きくなっていき、ストローから離れる――かと思えば、そこでパチンと消えた。

「あーあ」

「大丈夫、また作ったらいいんですよ」

がっかりした声をもらしたニコラスに、ベスはそう言い聞かせる。ストローを右手に握りしめたまま、ニコラスは首を傾げた。

「ねえさまとにいさまは？」

「そろそろ出てくるんじゃないかしら。午前中のお勉強は、もう終わる頃合いだし」

この屋敷の子供は、五歳を過ぎたら午前中だけ、文字の読み書きや基本的なマナーなどを勉強するのが決まりだ。

今は、授業の時間。ニコラスの兄と姉は家庭教師と共に勉強部屋で過ごしている。

「今日の昼食は、外で食べないか？」

と、バスケットを手に出てきたのはヴィンセント。この屋敷の主にして、ベスの夫である。すらりとした長身を包むのは、彼の身体に合うよう仕立てられた最新流行の衣服。ベスに向けられた青い目に、慈しむような光が浮かんだ。

彼の姿が目に入ったとたん、ベスの胸がドキドキとし始める。はにかんだ笑みを浮かべるのがやっとのこと。彼と知り合ってから一年以上たつというのに、いつまでたっても慣れそうにない。

「みて、シャボンだま！」

ニコラスが、ヴィンセントの前でシャボン玉を作ってみせる。今度はストローから離れて、ふわりと高く舞い上がった。ヴィンセントは、大きく目を見開く。

「すごいな、そんなに立派なシャボン玉が作れるのか！」

「あい！」

カップを振り回すものだから、中身が飛び散りそうになる。ベスが慌ててカップを回収しようとしたら、ふわりとカップが浮き上がった。

「やーん、ニコの！」

「零《こぼ》すところだったわよ？」

魔術でカップを回収したのは、長女のカトリーナだ。左手に魔術書を持っている。ちょうど、午前中の勉強が終わったらしい。

「それ持ってると、姉様と手を繋《つな》げないよ?」

一緒に出てきたザカリーは、ニコラスの片方の手を取る。ニコラスはそれで納得した様子だった。

「パパ、これお願い!」

ヴィンセントの手に回収したカップとストローを押し付けたカトリーナは、素早くバスケットを奪い取った。

「私達で場所を探しておくから、パパとママはゆっくり来て!」

バスケットを奪えてご機嫌のカトリーナは、もう片方の手をニコラスと繋ぐ。

「さあ、行くわよ! どこで食べるのがいいかしら?」

「どこでたべるのがいいかしら?」

カトリーナの言葉をニコラスが繰り返す。そうして、ニコラスの足に合わせてゆっくりと、子供達は歩き始めた。

「これ、どうしようか」

受け取ったカップを手に、ヴィンセントは苦笑い。

「ここに置いておきましょう。昼食を食べたら、お昼寝前にもう一度使うと思いますから」

「わかった」

先ほどまでベスが大量にシャボン玉を飛ばすのに使っていたバケツの側に、ヴィンセントは受け取ったカップとストローを置く。

「行こうか」

差し出された手に自分の手を重ねると、また鼓動が跳ねてしまう。

ベスはこの一年の間に大きく変わった自分の人生に想いを馳《は》せた。

# 第一章　冷遇されていた令嬢は、逃亡を決意する

「ねえ、お異母姉様《ねえさま》。私のドレス、なんでまだ修繕できてないの？」

キンキンとした少女の声が、開けっ放しの扉から屋敷中に響きわたった。通りすがった使用人が、室内に気の毒そうな目を向ける。

叱責されているのは、赤い髪をした娘だった。

伯爵家の使用人が身に着けている制服とは違うが、貴族にしては粗末な衣服。まっすぐな赤い髪は首の後ろで一本に束ねているだけだ。

「ごめんなさい、アンジェリカ。まだ、手が回っていなくて」

申し訳なさそうに緑色の目を伏せて、異母姉と呼ばれた娘――エリザベスはそう返した。

「そんなに忙しくないでしょ？　お異母姉様には、たいした仕事はお願いしてないんだから」

腰に両手を当てたアンジェリカは、じっとエリザベスを見つめてきた。

見事な金髪に、緑色の目。黙っていれば天使のような美少女だし、実際社交上の付き合いのある家ではその通りにふるまうのだが、家の中では別。エリザベスにきつい言葉を投げかけてくるのもしょっちゅうだ。

「本当にごめんなさいね。あと三十分待ってくれたら、綺麗《きれい》に繕って部屋に届けるわ」

「そんなに待たないといけないの？　今日、あのドレスを着ていきたかったのに」

アンジェリカがこうやって、無茶ぶりをしてくるのは今に始まったことではない。

（支度を始めるまでには、まだ一時間以上あるでしょうに）

エリザベスは心の中でつぶやいたが、言葉にはしない。ここで余計なことを言えば、異母妹の怒りに火を注ぐだけというのはちゃんと理解している。

「大丈夫、あなたの支度にはそれほど時間はかからないわよ。もとがいいのだから、さほど手をかけなくても、問題ないでしょう？」

そう言えば、アンジェリカはしぶしぶといった様子でうなずく。

すぐに支度を始めるというのもエリザベスを困らせたいだけの言葉。彼女の嫌がらせにももう慣れた。

エリザベスの母が亡くなったのは、今から十年前のこと。それからほどなくして、現オルディス伯爵夫人である継母と異母妹のアンジェリカがやってきた。

アンジェリカは、十八歳になったエリザベスよりひとつ年下。

どう計算しても、母の存命中から父は現伯爵夫人を愛人として抱え込んでいたわけだが、その点について口を挟む者はいない。

母が亡くなるまでは、きちんと貴族令嬢としての扱いを受けていたのだが、継母達がやってきてからはそれも変わってしまった。こうして、使用人とほぼ変わらない扱いを受けている。

「さっさとやって、届けてちょうだい。今日の夜会には、王子殿下がいらっしゃるのよ！　殿下の前でみっともないところは見せられないわ」

アンジェリカは、その美貌で王子の目にとまることを期待している。

オルディス伯爵家は、建国以来続く名家だ。家柄的にも何も問題はないから、父もその期待を後押ししているのだろう。三人いる王子達のうちの誰かに嫁ぐことができれば上々だ。

「そうだ、裾に刺繍《ししゅう》を追加してちょうだい。そのぐらい、簡単でしょう？」

「え、ええ……」

「生活魔術しか授からなかったんだもの。せいぜいそれを有効活用してよね」

愛らしい容姿には似合わないきつい言葉を投げかけて、アンジェリカは出て行ってしまう。

エリザベスはため息をついた。

（生活魔術に不満があるわけではないけれど）

ここ、クラディウス王国では、五歳の誕生日を迎えた者は、精霊神殿で祝福の儀を受けるという決まりがある。これは、貴族も平民も変わらない。

祝福の儀で精霊王から魔術書を授かって初めて、魔術を使えるようになる。

どんな魔術を授かるのかは、誰にもわからない。一説には、精霊王の気まぐれによるともされている。

この国の貴族達は、魔物との戦闘で有用な魔術を授かった者を尊ぶ傾向にある。

また、絵画、音楽などの芸術に関する魔術を授かることもある。貴族女性は、これらの魔術を授かるよう望む者も多い。

そして、エリザベスが授かったのは『生活魔術』だった。生活に関すること全般、つまり家事に適した魔術だ。

貴族令嬢として生活魔術を使う必要性はほとんどない。

風属性の魔術を授かったアンジェリカとの扱いに天地の差が出るのは、貴族としては当然のこと。それにしたって、生活魔術を活用しろとばかりに使用人としての扱いをする家は少ないだろうが。

(さすがに、ここまで使用人扱いされるとは思っていなかったわよね)

母が存命中は、父は愛人の存在をおくびにも出さなかった。

伯爵家の娘はエリザベスひとり。

生活魔術しか授からなかったとしても、エリザベスが伯爵家の跡取りであることには変わりがなく、いずれ伯爵家を継ぐ者として厳しい教育を受けてきた。

父も、それでよしとしてきたのだけれど……。母の死で、エリザベスの人生は大きく変わってしまった。

母が生きていたら、と一瞬頭に浮かべ、それから慌ててその思いを振り払う。

それは、今考えてもしかたない。

頼まれていた仕事を大急ぎで終えると、エリザベスはアンジェリカのドレスを衣裳部屋から出してきた。側に用意したのは裁縫道具と刺繍用の枠や刺繍糸。

「おいで」

手を伸ばして呼べば、何もないところからすっと一冊の書物が姿を見せる。精霊王から授かる魔術書だ。

エリザベスの魔術書は、赤く染めた革に金文字で『生活魔術』と記されている。これがなければ、魔術を発動することはできない。

「生活魔術――裁縫」

ほつれてしまったドレスの袖を手に、魔術を発動する。空中に針と糸が浮かび上がった。針は合わせた布の間を忙しく往復し、外れかかっているレースを縫い留めていく。

最後まで縫い終えたら、今度は糸切狭が浮き上がった。ぱちりと糸を切ると、針は針山へ、鋏は裁縫箱の中、定められた位置へと戻る。

「……さて、次は、と」

青いドレスの裾には、たしかに刺繍を追加する余地がある。ドレス全体を、エリザベスはじーっと眺めた。

「そうね、レースが白だから、刺繍のベースも白にしようかしら。あとはポイントに金と銀。ああ、ビーズもあったっけ」

頭の中に図案を思い浮かべる。

本職の職人は、きちんと図案を描くのだろうが、生活魔術で片づけてしまうエリザベスは頭の中に思い浮かべるだけで充分だ。

キラキラと輝くガラスビーズを花模様の中心に。その周囲に白糸と金糸と銀糸で花弁を形作っていく。目にもとまらない速さで何本もの刺繍針が同時に動く。

蔦《つた》をモチーフとした図案で、その花々を繋いでいく。ついでなので、身頃にも同じ刺繍を追加した。

時間がかかるとアンジェリカには伝えていたけれど、ドレスを出してくるところから刺繍を終えて糸を切るまでせいぜい十五分というところだ。

「これでいいわね」

刺繍が入ったドレスは、無地だった時と比べて格段に華やかだ。前回の夜会で顔を合わせた人と会っても、同じドレスを着ているとは思われないですむだろう。

「これを、アンジェリカの部屋に運んでくださいな」

通りすがりのメイドに頼んでアンジェリカの部屋まで届けてもらう。他にもやらねばいけない家事は山盛りだ。

エリザベスの授かった魔術が生活魔術だと判明して以来、オルディス伯爵家は使用人の数を少しずつ減らしてきた。

使用人には給与を払わねばならないが、エリザベスにやらせればタダというわけだ。

もちろん、伯爵家としての体面を保つ必要最低限の人数はいるが、浮かせた分はアンジェリカと継母の服飾費や父の遊興費に回っている。

次は何をしようかと考えていたら、執事が部屋にやってきた。

父がエリザベスを呼んでいるらしい。わずかに眉間に皺《しわ》を寄せたが、何も言わずに執事について書斎に向かう。

「おお、エリザベス。待っていたぞ。一週間後、王宮で舞踏会が開かれる。準備をしろ」

「アンジェリカのドレスを新調するのですか？　では、仕立屋を呼んで」

「違う、お前も出席するんだ。お前も、そろそろ年頃だからな」

年頃、と聞いて唇を引き結んだ。

使用人のような扱いをしていても、一応エリザベスを娘として扱うつもりはあるらしい。実際、仕事の合間に貴族令嬢としての最低限の教育は受けさせられてきた。

王宮の舞踏会ともなれば多数の貴族が参加する。そこで、エリザベスの結婚相手を見つけるつもりなのだろう。

「……かしこまりました」

父に逆らっても、いいことにならないのはわかっている。エリザベスは、それだけ言って頭を下げた。

「ですが、ドレスがありません。アンジェリカやお継母様が着なくなったものをいただいても？」

「かまわん。衣裳部屋から適当に選べ」

エリザベスに新品のドレスが与えられることはめったにない。

今回も、お下がりのドレスを着ることになりそうだ。妹や継母のお下がりを身に着けていると知られないよう、大幅に改造しなければならない。

いつ時間が取れるかわからないし、継母とアンジェリカが留守にしている間にドレスの準備を始めてしまおう。

継母とアンジェリカの衣裳部屋ではなく、倉庫に向かう。流行遅れになり、もう袖を通さないと判断したものは倉庫に保管されているのだ。

倉庫と言いつつ、そこに保管されているのはドレスだけだ。

王宮の舞踏会に行くとなると、刺繍程度の改造ではすまされない。ずらりと並んでいるドレスの中から、使えそうなものを探し出していく。

（こちらのドレスから、ビーズを外して再利用しよう……そうだわ、スカートはこちらとこちらのものを合わせて）

アンジェリカがこの屋敷にやってきたばかりの頃に仕立てたドレスもたくさんあり、並んだドレスの中には、子供用のものもあった。

さすがに子供のドレスには身体が入らないが、ビーズなどの飾りを外して流用する。慎重に材料を吟味し、四着のドレスを組み合わせて作り直すことにした。

選んだのはいずれもクリーム色を基調としたドレス。一着目はベースとして使う。

これは、アンジェリカが十歳の頃、継母と揃いで着ていたドレスのうち、継母が着用していたものだ。

三年ほど前にアンジェリカが着ていたドレス二着から外したスカート部分は、それぞれ縦に八枚に分け、長さもそれぞれ変えておく。裾は丸くなるように仕立て直した。

継母のドレスのスカートに、十六枚分の布を重ねて縫い留める。三着分のスカートを合わせれば、少しずつ色味の違うクリーム色が華やかな印象に仕上がった。

身頃には、四着目、子供用のドレスから外したビーズを使い、繊細なビーズ刺繍を施す。これで、なんとか王宮の舞踏会に行っても問題なさそうな仕上がりとなった。

ドレスが出来上がったのは前日のこと。ぎりぎり間に合ってよかった。

隙間時間に作業するしかなく、いつになく手を加えたということもあり、生活魔術を使っても時間がかかってしまった。

舞踏会当日も、エリザベスには侍女なんてつかない。身支度も生活魔術を使って、ひとりで仕上げていく。

髪は巻いて背中に流し、髪飾り、首飾り、耳飾り、腕輪と揃った真珠とダイヤモンドの装身具を仕上げにつける。母の形見だけはなんとか死守してきたが、そのうちのひとつだ。

「なんで、新しいドレスを着ているのよ！」

玄関ホールでエリザベスを見たアンジェリカは目を剥いて叫んだ。彼女だって、真新しい最新流行のドレスを身に着けているのに。

ピンクを基調としたドレスは、天使のような愛らしさを持つアンジェリカにはよく似合っていた。繊細なフリルを幾重にも重ねたスカート。ダイヤモンドを模したガラスビーズではなく、本物のダイヤモンドやローズクォーツを使った刺繍。ダイヤモンドを幾重にも連ねた首飾り。髪飾りもダイヤモンドでキラキラとさせている。

「あなたのドレスほど洗練されていないわ」

「……そうかしら？　それにしたって、贅沢《ぜいたく》じゃないこと？」

「あら、これはガラスビーズよ。古いドレスから外して、再利用したの」

そう言ってやれば、アンジェリカは納得した様子で首を振った。

何かと突っかかってくるところはあるが、自分の方が上だと納得すれば比較的おとなしくしてくれる。今日は、これ以上アンジェリカの機嫌を損ねない方がいい。

「……まあまあだな」

と、エリザベスを見た父はうなずいた。使われているのはガラスビーズだが、繊細な刺繍なので、伯爵家の娘としてふさわしい装いにはなっている。

最新流行のデザインではなくとも、自分に似合うものはわかっている。赤い髪にクリーム色のドレス。目立ちすぎはしないが、華やかさもちゃんと持ち合わせている。

継母は、落ち着いた青いドレス。金糸の刺繍が豪奢《ごうしゃ》だ。彼女は、真珠で身を飾ることを選んだらしい。

「アンジェは今日も最高に美しい。これなら、王子殿下の目にとまるのも難しくないな」

父は、アンジェリカのことを今でも幼い頃の愛称で呼ぶ。今になっても、アンジェリカは可愛くてしかたないらしい。

「そうでしょう？」

アンジェリカはにこにこ顔になった。父が誉めるのはアンジェリカだけ。

誉められる度に、アンジェリカは、こちらにちらりと勝ち誇ったような目を向ける。愛されないエリザベスとの違いを再確認しているのだろう。いちいち傷つくのはもうやめた。

馬車に乗り込むと、継母とアンジェリカは、今夜の舞踏会の様子を期待に満ちた口調で語り始めた。隣国アルバトリア王国から、公爵がこちらの国に来ているそうだ。

彼は独身で、この国で花嫁を探す可能性も高いらしい。その一環で、今夜の舞踏会に出席すると聞かされた。

「公爵様のお目にとまったらどうしましょう？　でも、隣国に行くのは寂しいわ」

と、紅潮した頬《ほお》に両手を当てたアンジェリカ。継母は、首を横に振った。

「あら、あの方はだめよ」

「なんで？　公爵様よ？」

アルバトリア王国は、この大陸でも、有数の国力を持つ国だ。豊かな自然に恵まれ、農作物が豊富に収穫される。この国よりも栄えていて、近頃は出稼ぎに行く平民も多いのだとか。

「スタンレー公爵様はね、小さなお子様が三人もいるの」

継母がアンジェリカに説明しているのを、エリザベスは聞くともなしに聞いていた。

現公爵は、公爵位を継いでまだ一年もたっていないが、亡き先代公爵の仕事を引き継ぎ、国王の代理としてこの国を訪れている。近頃発見された鉄の鉱脈が両国にまたがって広がっているので、採掘権をどうするかの交渉をしているそうだ。

先代公爵が亡くなった直後、亡くなった姉夫婦の子供達を手元に引き取って育てているために、独身ながら三人の子持ち。

身分があり、見目麗しい青年とはいえ、それ以外の条件が悪い。あえて隣国に嫁ぐ必要はないではないかと継母はアンジェリカを諭している。

アンジェリカも、継母の話が終わった時には、完全に公爵への興味を失っていた。

（私には、関係のない話だものね）

窓の外に目を向ける。夕暮れの街は、家路を急ぐ人々が足早に歩いていた。

普段はメイド代わりに買い物で訪れる街を、馬車で移動するのは不思議な気持ちだ。

王宮に到着すると、スムーズに広間へと案内された。

国王夫妻に王子達が入場し、華やかな音楽に乗って人々が踊り始める。

女性達の動きに合わせて、ドレスの裾が揺れる。それは、めったに見ることのない美しい光景だった。

王宮の舞踏会に招かれてもおかしくない程度には装ってきたが、エリザベスに目を向ける人はいない。

これは壁の花確定だと、人目につきにくいところに引っ込んだ。

父がエリザベスをここに連れてきたのも、王宮の舞踏会への欠席は許されないからというだけのことだろうし。下手に他の人と関わらない方がいい。

目立たない場所に引っ込んで、集まっている人達の様子を観察していると、ひとりの男性が目に飛び込んできた。この国の流行と少し違う衣服で盛装している。たぶん、あれがスタンレー公爵だ。

すらりとした長身に、見事な金髪。顔立ちは整っていて、青い目には穏やかな光が浮かんでいる。同じ年頃の男性貴族達と、楽しそうに会話していた。

（そうね、たしかに素敵な人かもしれない……って、アンジェリカ？）

馬車の中で、継母から彼には興味を示さないようにと言われていたのではなかったか。いや、エリザベスがそんなことを気にしてもしかたがないのだけれど。

アンジェリカは、公爵を囲んでいる輪の中にスムーズに入り込んでいた。何やら熱心に話しかけてはいるが、彼の関心を引くにはいたっていない。

他の貴族令嬢達も彼に声をかけているけれど、彼と会話を成立させるにいたった者はいないようだ。女性達にまったく興味がないように見える。

視線を巡らせれば、父が他の貴族と話し込んでいる。継母は継母で、貴族夫人達と友好を深めているようだ。

そのうち、アンジェリカに声をかけた青年が、彼女をダンスへと引っ張り出した。父はそれを見て目を細めているから、関係を深めてもいい相手なのだろう。

父の目が、壁際に引っ込んでいるエリザベスに向けられる。ひとりでいるのに気づくと、同じように満足げにうなずいた。

(私は、下手にダンスを踊らない方がいいわね)

エリザベスにも目が向けられているが、どう見ても値踏みしている。壁の花となっている今、商品の陳列台に上がっているのも同じ。

エリザベスにダンスを申し込む人もなく、人間観察をしている間に夜会は終了となった。

帰りの馬車の中で、アンジェリカは夢中になって父と継母に話しかけていた。スタンレー公爵とは挨拶をしただけだが、王子の興味を引くことに成功したらしい。

ダンスをした青年のうちひとりが、第三王子だった。エリザベスも、顔だけは知っている。

「なんと、第三王子殿下とダンスをすることができたのか」

「私は見ていたけれど、とても華やかで素敵だったわ」

父も継母も、アンジェリカが第三王子を釣り上げたことに満足している様子。

「やはりアンジェの美しさ、愛らしさは、王族の目にとまるのにも充分だったな」

「ええ、王子妃になるなんて鼻が高いわ」

もう縁談が成立したような会話をかわしているが、王子に挨拶を許されただけと言っていい。関係を深めるのはこれからだ。

だが、三人の会話にエリザベスが口を挟むことはなかった。あくまでもエリザベスは、この家族の添え物。余計な口を開く必要はない。

馬車が屋敷に戻るなり、速やかに自分の部屋へと引き上げた。


華やかな夜会に出る機会なんてめったにないから、翌日になっても疲れは抜けなかった。

自分の身体を動かすのではなく、魔術だからましだと言われてしまうかもしれないが、魔術の制御には精神を集中する必要がある。

疲れた身体を引きずりながら、掃除や洗濯をしていたら、再び父の書斎に呼び出された。

執事に連れられて書斎に向かったら、そこには上機嫌な父がいた。父が、こんなに機嫌のいい顔でエリザベスを見るのは珍しい。

「喜べ、エリザベス。お前の縁談が決まったぞ。先方はすぐにでもお前に来てほしいそうだ」

「すぐに、ですか……？」

普通は顔合わせをして、互いを知って、婚約して、それから結婚に向かって進むものだ。いきなり来てほしいと言われても。

困惑しているエリザベスに気づいているのかいないのか、上機嫌のまま父は話を続ける。

「ああ、ミュルド伯爵がお前を引き取ってくれるそうだ」

「……え？」

貴族の娘らしさなんて、ぽろりと零れ落ちてしまった。

ミュルド伯爵は、エリザベスとは四十も年齢が離れている。父よりも年上だ。

しかも、噂《うわさ》に疎いエリザベスが知っているだけでも、彼はすでに四回結婚している。エリザベスが嫁いだら五回目だ。

「ですが、あの方は……」

「父の決めた縁談が不服なのか？」

不服だと言ったら、断ってくれるのだろうか。一瞬そう思ったけれど、父の顔を見たらそれは無理だと悟ってしまった。

父は、エリザベスを嫁がせると決めた。エリザベスがどう思おうが、考えを変える気はない。

そう顔に書いてある。

「……結婚を決めた理由をお聞かせください」

四十も年上、しかも相手には何回もの結婚歴がある。普通ならば、そんな相手に娘を嫁がせようと思うはずはない。

「なに、母親のいないお前を気遣ってな。多額の支度金をくださるそうだ」

「……そう、ですか」

それだけ絞り出すのがやっとだった。

デスクの向こうにいる父は満足げに笑みを浮かべているが、エリザベスにとっては人生が真っ暗になったような感覚だ。

愛されていないのは知っていた。だが、まさか、結婚相手にミュルド伯爵を選ぶほどとは思ってもいなかった。

ミュルド伯爵の四人の妻。

彼女達は皆、嫁いでから数年のうちに相次いで不自然な死をとげている。夫人は四人だが、それ以外にも愛人を囲っていて、その愛人も不自然な死を迎えた者も多いという噂だ。

どう見ても、父がエリザベスの相手にミュルド伯爵を選んだのは、体のいい厄介払いだ。嫁いだあと、すぐにエリザベスが命を落としても問題ないと考えているのだろう。

父に逆らうなんて思いつきもしないまま、のろのろと頭を下げて書斎をあとにした。

「お異母姉様、縁談が決まったのですってね？」

何もこんな時に限って、アンジェリカと顔を合わせなくてもよさそうなものなのに。

にやにやとしているアンジェリカは、エリザベスが誰に嫁ぐのか知っているようだ。彼女の顔に浮かぶのは優越感か、それともこちらを嘲る表情か。

(きっと、アンジェリカにはもっといい相手を探すのでしょうね)

アンジェリカとの扱いの差に傷つくことなんてもうないと思っていたのに、胸がずきずきとする。

ダンスをしただけで、アンジェリカが第三王子に嫁ぐと決まったわけではない。

だが、第三王子の目にとまった以上、他にもアンジェリカに興味を示す男性が出てくるのもまた自然なことで。

その中から、アンジェリカは一番いい相手を選べばいい。

(愛されていないのは知っていたけれど)

いくらなんでも、死んでもいいとまで思われていたなんて。アンジェリカとこれ以上話をする気にはなれず、一歩踏み出した。

「洗濯が残っているから、もう行かないと」

「それなら、私の部屋のシーツを洗ってくれないかしら？　メイドがベッドメイクした時、皺にしてしまったの」

シーツに皺がついているだけならいちいち洗い直す必要もない。

だが、そう言っても、アンジェリカからは嫌味が返ってくるだけというのもわかっている。

「洗っておくわ」

言葉少なに返すエリザベスを見たアンジェリカの口角が上がる。

ショックだった――たしかに。

でも、この家での自分の立ち位置を再確認しただけだ。痛みを覚えたのも一瞬のこと。もう意識を切り替えている。

（……私、この家にいる必要あるのかしら）

アンジェリカの部屋で、ベッドからシーツを剥がしながら考える。新しいシーツをかけて、ベッドをてきぱきと整えるのももう慣れたもの。

手を動かしながら、頭は忙しく回転していた。

死んでもいいと思われてまで嫁ぐ必要なんてない。

もし、ここから逃げ出したなら？

不意にその想いにとらわれて動きが止まる。

普通の貴族令嬢なら、家を離れたら生きていけないが、エリザベスには最大の武器がある。

貴族としては使えない魔術でも、使用人としてなら、これ以上は望めないという生活魔術。

（料理は……完全に覚えているレシピは少ないけれど、下ごしらえなら問題ないわね。レシピ

を覚えたら、作れるようになるし。洗濯も大丈夫、掃除も、裁縫も……ペットの世話も）

エリザベスの使う生活魔術に含まれているのは、生活に必要なものすべて。

正確に言えば、ドレスに刺繍するのは生活魔術とは少しずれているらしいが、自分のドレスを用意するために裁縫を極めたら、できるようになった。

エリザベスがひとりいるだけで、使用人三人分、いやそれ以上の働きができる。メイドとしては、かなり優良な部類ではないだろうか。

それだけではなく、貴族令嬢としての教育も受けている。

平民の使用人の中には読み書きのできない者も多いが、エリザベスは読み書きもできるし、貴族のマナーも知っている。貴族に出入りする商家の家でも、重宝されるだろう。

となれば、生計を立てられる見込みは充分だ。

住み込みの仕事を見つけられたら、家賃を浮かせられる。

（お母様の宝石を売れば、しばらくの間は働かなくても大丈夫だろうし、貯金もあるし）

実は、他の家族が他家への訪問や、避暑などで留守にしている時を狙い、下町でも時々働いてきた。様々な仕事をして貯めてきた財産は、部屋の中に隠してある。

大掃除の必要な家に赴《おもむ》いて、掃除を手伝ったり、パーティーがある時の大量の料理の仕込みを手伝ったり。大人だけが招待されているパーティーの間、子供の面倒を見たこともある。

それだけではなく、子供のいる施設に赴いての手伝いもしてきた。この経験から、子守メイドとしてもきっとやっていける。

普通の貴族令嬢とは違い、エリザベスは、家を出ても困らない。エリザベスがいなくなっても、この家の人も困らないだろう。

（でも、私がいなくなったら……）

多額の支度金と共にエリザベスを嫁がせると聞いた。

もし、その支度金をもう受け取ってしまっていたら返却を求められるだろうし、場合によっては損害賠償を求められるかもしれない。

それは困ると一瞬考えたけれど、考えを変えた。困ったとしても、エリザベスにはなんの関係もないではないか。

（……そうしよう。家を出てしまおう）

このままこの家にいたって、明るい未来は待っていない。だったら、明るい未来を掴みに、ここから出て行けばいい。

子供のいる施設に援助に行くと父に言い、許可をもらってから家を出る。

エリザベスが保護施設を訪問するのを、父はだめだと言ったことはなかった。貴族たる者、恵まれない者に恵むのは当然だからだ。とはいえ、伯爵家からそういった施設への多額の寄付をしたことはない。

その分、エリザベスが生活魔術を使うことで、奉仕作業をしているわけだ。

父も継母もアンジェリカも、施設にはあまり興味を持っていないが、本来ならば当主が気を配らねばならないのだ。

「帰りに、夕食の買い物もしてきます」

と告げたのも、よかったのかもしれない。

すんなりと許可をもらい、養育施設へと向かう。エリザベスの訪問は、ここではいつだって歓迎された。

洗濯、掃除、繕い物。エリザベスの手があれば、いつも忙しくしている大人達が一時の休憩を取れる。

「いい？　生活魔術で、先生達を助けてあげてね！」

「うん！」

外に働きに行き始める前の年齢の子供達を集めて、生活魔術の指導もする。エリザベスが来られなくても、子供達が施設の大人達を手伝えるように。

夜明け間近になるのを待って、こっそり抜け出す。まだ、暗い庭園をひとり歩くエリザベスの足取りは、軽いもの。

昨夜のうちに、必要な品々はもう詰めておいた。ドレスなんていらない。詰めたのは動きやすいワンピースや下着等数日分の着替え。それに、ハンカチやブラシ等の日用品。

母の形見の宝石類は、小さな袋に詰めて身体に巻きつけてある。現金は、いくつかに分けて隠し持った。

（自由って、素晴らしい！）

まだ屋敷から完全に出たわけではないが、急ぎ足に庭園を進むだけで、もう自由を満喫している気分だ。

普通の令嬢なら恐ろしいと思うかもしれないが、暗い中でも大丈夫。生活魔術は、なんでもできる。

ぼんやりとして目立たない明かりを浮かべ、足早に屋敷の裏門から外に出た。

明るくなるまでに、旅人達に紛れ込んでおかなければ。

目立つ赤い髪も、屋敷を出る前に茶色に染めておいた。数日で落ちてしまうが、王都を出るまでの間もてばいい。

（まずは、冒険者組合に登録、かな……）

身元を保証してくれる人がいない場合は、冒険者組合に登録するのが一番早い。登録する時に、過去に罪を犯していないかどうかを調べられる魔道具は冒険者組合にしかないからだ。

派遣使用人組合や、商人組合、職人組合に登録したい時にも、冒険者組合で調べられる。罪を犯した者は、身体に魔術でその証拠が刻まれているそうだ。

魔道具による審査には、罪を犯したことがなければ偽名を名乗っても通ってしまうという欠点もあるが、なんらかの事情で身元を隠したい者にとっては、この制度がありがたい。

まったく違う名前にしてもとっさに反応できないから、エリザベスの愛称ベスで登録しようと決めている。平民の間では、珍しくない名前だ。

冒険者組合から他の街の冒険者組合まで定期的に馬車が出ているので、移動にはその馬車を使う。この乗合馬車は、料金さえきちんと払えば、誰でも乗れる。

昨日のうちに、これからの行動については何度も考えを巡らせておいた。

屋敷の人々が起き出してくるのは、いつも昼近くなってから。それまでの間に馬車は王都から出ている。大丈夫だ。

明るくなるまでの間は、目立たない場所に身をひそめてやり過ごす。夜明け間近の時間を狙って出てきたから、それも難しくなかった。

明るくなってくると、早くも広場には屋台が並び始める。ここで食事をしてから、他の都市へ移動したり、仕事に行ったりする人も多い。

さっと炙《あぶ》ったパンに焼いたソーセージとチーズを挟んだもの。それに果実水を買い求め、広場のベンチに腰を下ろして朝食にする。周囲には、エリザベスと同じように旅支度で食事をしている人がいた。

「ん、美味しい！」

ふわふわのパンに、油たっぷりのソーセージ。そこにチーズの香りと塩味が加わる。

貴族令嬢なら、庶民らしいと言って嫌がるかもしれないが、もう貴族令嬢ではなく庶民だ。これまた、自由の味だ。

朝食を終えて、冒険者組合に足を踏み入れた。

受付にいるのは、感じのいい男性だ。エリザベスより十歳ほど年長だろうか。

「いらっしゃいませ、ご用件は？」

「冒険者登録をしたくて……いいですか？」

「ええ、もちろん。特技とかありますか？」

「生活魔術がいくつか使えます。なので、家事のお手伝いの仕事を探そうかなって」

「それはいいですね！　では、登録作業をしましょう」

生活魔術と一言で言っても、洗濯に料理、掃除に裁縫、庭の手入れやペットの世話など様々なものがある。たいていは、一種類しか使えないが、ベスは家事全般魔術で片づけられる。これは、使用人になるなら、かなり有利な条件になるはず。

受付の係は、にこにことした笑顔でベスの登録作業に取りかかってくれた。

エリザベス――いや、これからはベスだ。

「手を出してください」

言われた通り素直に手を出せば、何やら棒のようなものを右手のひらの上で左右に振る。

「ピロリン」と可愛らしい音が鳴ったかと思うと、彼は破顔した。

「よろしいですよ、犯罪歴なし、虚偽の申請なしっと」

「……え？」

冒険者組合で調べるのは、犯罪歴があるか否かだけではないのか。申請内容の審査までされるとは思っていなかった。

「こちらで調べるのは、犯罪歴の他、魔術の適性があるかどうかについて虚偽の属性を申告していないかだけですよ。中には魔術が使えないくせに、火の魔術を持っているとか嘘《うそ》言う人もいますからねぇ……」

「なるほど」

ベスのような街中での仕事を希望しているならばともかく、冒険者の大半は、魔法薬の材料を採取に行ったり、魔物を狩ったりするのが仕事だ。割のいい仕事が欲しくて、嘘を申告する人がいてもおかしくない。

だが、実際仕事を始めてみたら、虚偽の申請なんてすぐにばれてしまうと思うのだけれど、虚偽の申告をする人は、そのあたりわかっているのだろうか。

「中にはお馬鹿さんもいるんですよ。ま、そのためにこの魔道具があるんですけどねっ」

嘆息した彼は、ベスに銀のプレートを差し出した。プレートには鎖が通されていて、首から下げられるようになっている。

「これで申請は終了です。頑張ってくださいね」

「ありがとうございます。乗合馬車は何時に出ますか？」

「王都を離れるんですね。なるほど」

「働いていたお屋敷が、使用人を解雇したんですよ。もう実家もないので、実家に帰るわけにもいかないし。他の街の方が仕事ありそうだし」

　ベスが言っているのは嘘ではなかった。家事使用人として働くにしても、王都とそれ以外の場所では大きな違いがある。

　貴族の屋敷では、派遣使用人組合を通してではなく、信頼できる相手からの紹介で使用人を雇う。

　ベスのように後ろ盾がなく、派遣使用人組合を通して仕事を探すしかない者は、他の街の方が仕事にありつける可能性が高い。

　それに、華やかな王都で暮らしたいと願う者も多く、王都での仕事は争奪戦なのだ。

「ベスさんでしたら、派遣使用人組合に登録するのもいいかもしれませんね」

「どちらにしても、こちらに一度は登録しないといけませんからね」

「たしかに、ベスさんの言う通りですね」

　犯罪歴などを確認するための魔道具は、冒険者組合にしかない。そのため、ここで身元の保証となる登録証を得ておかないと、他の組合に登録するのも難しい。

「お気をつけて」

「ありがとうございます！」

どうせなら、この国を離れて隣国に行くのもいい。

ふとそう思ったのは、王宮の夜会で見かけたスタンレー公爵のことが頭をよぎったからかもしれない。

生活魔術は、この国ではさげすみの対象になってしまうけれど、彼が暮らしているアルバトリア王国ではそれほどでもないというような話を聞いたことがある。

それに、今まで見たことのない景色を見られると思うと、それだけでわくわくする。これからは、何をしようとベスの自由。

冒険者組合での登録を終えたら、馬車に乗り込む前に商人組合に赴く。ここには宝石鑑定人が常駐していて、宝石を売れるのだ。

母の形見の宝石をひとつ、差し出す。

これで、ひと月は旅をできるぐらいの金額になる計算だ。

ベスの差し出した宝石を鑑定した宝石鑑定人は、うなずくとベスが想定していたのとほぼ同じ金額をはじき出した。

「他に宝石をお持ちではありませんか？」

「ないですよー。雇い主の方が、退職金代わりにってくださったものですからね。これでおしまいです。故郷までの旅費と、そのあとの生活に使うんです」

もちろん、今のベスの身なりで宝石を売ろうとすれば怪しまれてしまうが、そこは抜かりない。

「エリザベス・オルディス伯爵令嬢は、メイドのベスに退職金としてこの宝石を譲った」と証明する書類を昨日のうちに用意しておいた。

エリザベスの署名だけではなく、伯爵家の印章も押してある正式なもの。これで、元メイドが宝石を売っても問題はない。

「そうですか。お気をつけて」

「ありがとうございます」

母の形見の宝石だから、もしかしたら、伯爵家の誰かが気づくかもしれない。

だが、盗品ではないし、正式な手続きで売却した。伯爵家の人が気づくまでにはこれまた時間がかかるはず。

それから、屋台を回って必要な品々を買い求める。

日持ちするよう硬く焼いたパンに、干し肉、ドライフルーツ。水筒に水も入れた。馬車の中でお尻の下に敷いたり、寝る時にかけたりするための毛布も。

やるべきことをすませてから、乗合馬車の待合所に行ってわくわくしながら待っていると、出発時間がやってきた。

街の外は魔物が出るが、乗合馬車の御者は戦う力を持っている人が務めている。

なんでも、引退した冒険者が御者として乗合馬車の組合に雇われることが多いそうだ。御者が護衛を兼ねているし、街から街を繋ぐ街道は、定期的に警備隊が巡回している。魔物が出てもすぐに警備隊によって討伐されるため、乗合馬車が襲われる危険性は低い。

（……もう、二度とここに来ることはないでしょうね）

窓の外を見つめながら、王都に別れを告げる。

あの家の人達が、ベスの不在に気づくのはいつだろう。

残っている数少ない使用人達も自分の仕事で忙しいだろうし、下手をしたら夕方まで気づかないかもしれない。

それに、『エリザベス』を捜すにしても、まずは日頃の行動範囲から捜すだろう。まさかいきなり冒険者組合に登録し、さっさと王都を離れているとは想像もできないはずだ。

（これで、私は自由！）

王都の門を出た瞬間、心の中で、右手を高々と天に向かって突き上げる。

あの家にとらわれる必要はもうない。

どこに行こうが、どんな暮らしをしようがベスの自由。

こうして、『ベス』としての新たな人生が始まった。

旅路は、ゆっくりとしたものだった。

王都から三日目までは馬車を何度も乗り継ぎ、少しでも王都から離れようとしたけれど、三日も離れてしまえば捜索の手が伸びるとも思えなかった。

一応、一か月分の旅費は確保したし貯金もあるが、景気よく全部使ってしまうわけにもいかない。四日目からは、仕事をしながらゆっくりと進んだ。

幸いなことに、どこに行っても冒険者組合には、引っ越しをしたあとの家の掃除だの、家具の修理だのと依頼は山ほどあった。

そういった仕事をいくつか片づければ、旅費の足しになる。お願いすれば、冒険者組合の片隅で夜を明かすこともできて、宿代の節約もできた。

こうして、のんびり通常の倍、二週間ほどかけて国境の街まで来た。どこへ行こうか、旅の間に改めて検討した結果、やはりアルバトリア王国に行くことに決めたのだ。

隣国に行ったことはないが、言葉も同じだし、生活習慣も大きく変わらない。国境を越えれば、家族に見つかる可能性もより低くなる。

（アルバトリア王国は景気がいいから、出稼ぎに行く人も多いって聞くしね）

クラディウス王国では、王都で仕事を探すのは難しいが、アルバトリア王国はどうだろうか。この際だから、一度アルバトリア王都観光をするのも楽しいかもしれない。

オルディス伯爵家で暮らしていた頃は、旅行なんて夢だった。

こうして、仕事をしながら旅をしているだけで、いろいろな人との出会いと別れがあった。

今まで知らなかった経験もできた。腰を落ち着けずに、もうしばらく、旅を続けたい気もする。

「アルバトリア王国への入国目的は？」

「出稼ぎです。退職したのですが、実家ももうないので。アルバトリア王国は景気がいいって聞くし」

入国審査もそんなに難しいものではなかった。

これまでに立ち寄った都市でも、冒険者組合を訪ねて仕事をしてきた。

今までの仕事の経歴も魔術によって登録証に記録されている。国境の入国審査の際、その記録を確認できるために、問題なく審査は終了した。

「アルバトリア王国へようこそ。いい仕事が見つかるといいな」

「ありがとう！」

入国審査を終えて、一歩踏み出す。

今までと何が大きく変わったというわけでもないのに、ますます解放されたような気がした。

大きく深呼吸してみる。空気の味は、たいして変わらなかった。なのに、身体を締め付けていたロープが切られた、そんな感覚。

（やだな、私浮かれている……）

とりあえず、ここから隣の街まではゆっくり歩いていこう。

隣の街には、高名な魔術師が暮らしていた家が残されているそうだ。

その家は博物館のような扱いで、誰が見ても問題ないと国によって判断された資料が展示されているらしい。

（私が行ったところで、生活魔術以外の魔術が使えるようになるわけでもないんだけど）

それはわかっているが、今までそういった品を見ることもできなかった。

隣の街から王都までは何本か馬車が出ているそうだから、魔術師の家を見学したあとは馬車に乗ってもいいかもしれない。

（近くに、他の観光名所があるかもしれないし）

たしか、有名な避暑地も近くにあったはずだ。避暑地の宿や裕福な商人の別荘などで、住み込みの使用人を探していないだろうか。

まずは王都まで行くにしても、道中で働きやすそうな場所の情報を集めながら行くのもいいかもしれない。

焼いた肉とチーズ、野菜を挟んだサンドイッチを屋台で昼食用に買い求める。共同の水汲み場で、水筒にたっぷり水も満たした。

今は気候もちょうどいいし、歩いていくのに何も問題はない。

道端の草花の中には、薬草として使われるものも多い。こういった薬草類の採取は、駆け出しの冒険者や近所の子供にとってはいいお小遣い稼ぎなのだとか。

今のところ、お小遣いは必要としていないし、地元の住民の仕事を奪うのもよくないから、薬草は見るにとどめておいて歩みを進める。

(……あれ?)

子供の泣き声に気づいて視線を巡らせる。道の端に馬車が停まっていた。仕立てのいい服を着た男性が、御者と何やら話している。

(あの人、スタンレー公爵様じゃない……?)

王宮の舞踏会で、彼を見た。あの時は女性に囲まれていたが、今の彼の側には小さな子供達がいる。
七、八歳と思われる女の子に、五、六歳の男の子。それからもっと幼い男の子だ。泣いているのは一番幼い子で、姉らしい子が一生懸命なだめようとしている。
それからメイドらしい制服を着ている若い女性。彼女もまた膝をついて、男の子に何事か声をかけていた。

「お洗濯を応用して……」

水筒の中身をカップに移して、そこに小さく削った石鹸を入れる。

(……来て!)

心の中で呼べば、ふわりと魔術書が左手に姿を見せる。紡ぐのは生活魔術、洗濯——ただし、ベスのアレンジが入る。

「生活魔術……洗濯……じゃなくて、シャボン玉!」

「……わあ！」

最初に気づいたのは、年齢的には真ん中の男の子だった。ふわふわの銀髪が可愛らしい。明るい日差しの下で、その髪がきらりと輝く。大きな青い目を丸くして、彼はベスの飛ばしたシャボン玉に見入っていた。

「ニコ、見て見て、シャボン玉！」

「……ちらない！」

ニコと呼ばれた男の子は、兄らしい男の子と同じような髪形をしていた。兄とは違い、彼の髪の毛は金髪だ。

「すごいぞー、キラキラしてる。ニコの髪みたいだ」

「ニコの？」

ひくひくとしゃくり上げながらも、シャボン玉に興味を示したらしい。涙のあふれている目をぐしぐしと擦りながら、顔を上げた。彼の目は、緑色だ。

こちらに顔を向けたところで、三人ともそっくりなのに気づく。

女の子は、ふわふわの金髪に気の強そうな緑色の目。将来は、絶世の美女になること間違いなしの美少女だ。

（……よし！）

子供の興味を引けたのなら、ここから先、やることは決まっている。

ベスは慎重に魔力を操った。生活魔術は生家では馬鹿にされていたが、使い方によってはいろいろと応用がきく。

ベスが手を振ると、それに合わせてシャボン玉がキラキラと舞う。今の今までしゃくり上げていたニコも、それを見て口をぽかんと開いた。

「落ち着いたみたいで、よかった」

そうつぶやいて、ベスは指を振りながら歩き続ける。

通りすがりにちらりと確認したら、馬車が故障してしまっているようだ。

（……だから、こんなところで停車していたのね）

馬車を修理できる人がいないのかもしれない。よく見たら、御者も身なりがいいし、本来の仕事は下働きではなく、公爵の側仕えとかなのかも。

「よろしければ、お手伝いしましょうか？」

たいしたことではない。たぶん、生活魔術の応用でいける。

「手を貸していただけるのなら、ありがたいが……馬車が壊れて難儀している。修理できる者を知らないか」

ベスを見た公爵は、ほっとしたような顔になった。

「私、このあたりの住民ではないので。でも、応急処置ぐらいならいけると思います」

馬車の車軸が二本、折れてしまっている。

このぐらいなら、いける。大丈夫だ。見回して枝を拾い、折れた車軸を元のように繋ぎ、枝に合わせて縛って固定する。

「生活魔術――家具修繕」

右手をかざしてつぶやくと、折れてしまった車軸が元のように合わさり始めた。足りない部分は、ベスの魔力で補っていく。数分もしないうちに、車軸は見た目は元通りになった。

固定に使った枝を外して、もう一度同じことを繰り返す。

「応急処置です。次の街で、きちんとした業者の方に修理してもらってください。直ったように見えますが、長時間の負担には耐えられないので」

頭を下げて、再び歩き始めようとしたベスを呼び止めたのは公爵だった。

「待ってくれ。まだ、お礼をしていない」

公爵が生真面目な顔で言うので、ベスは手をぱたぱたと振った。こんなの、たいしたことではない。

「問題ありません、貴族様。たいしたことはしていませんから。本当に、応急処置だけなので」

ベスが本職ならば、部品を取り替えて、きちんとした修理ができたはず。

だが、ベスは本職ではないし、今使った魔術も家具が壊れた時に使う生活魔術の応用だ。傷がついてしまった家具の隙間を埋めたり、部品が欠けたり折れたりした時に直す程度のもの。耐久性には欠けるし、貴族の屋敷では壊れた家具はすぐ捨てるから、今まで使う機会はなかなかなかった。

　街の知り合い経由で紹介された仕事で、何度か使ったぐらいだ。今の修理も、あくまでも応急処置である。

「だが、子供の相手もしてくれた」

「それも、たいしたことはしていませんよ。泣くと体力を使いますからね」

　泣いている本人もそうだし、側にいる人も体力を使う。なんとかなだめようとしていた兄姉と思われる子達も、メイドと思われる女性も。

「……だが」

　あ、そうか、と不意に思い当たる。貴族が何かしてもらって、礼をしないというのはありえないのだ。

（私が勝手にやっただけなんだけどな……）

　今のベスの行動は、彼からすると貴族が平民から施しを受けたようなもの。公爵がベスを行かせたくない事情がわかってしまった。

（……やってしまった！）

　貴族だったことは忘れようとしていたから、貴族的な考えが、すっぽりと頭から抜け落ちてしまっていた。我ながら、平民としての生活に馴染《なじ》みすぎである。

「君は、どこに行くところなんだ？　このあたりの住民ではないと言っていたが」

「仕事を探して、王都に行くところでした。このあたりで見つかるなら、それでもいいのですが」

ベスとしては、どこで働いてもかまわない。住み込みの仕事の方が好ましいが、通いでもいいのだ。

「……旦那様」

御者の男が、公爵に向かって何かささやく。それを聞いた公爵は大きくうなずいた。

「では、我々の馬車に同乗してはどうだろうか。王都まで送ろう。我々も王都まで戻るところだったんだ」

「……え？」

「子供がいるから、うるさいかもしれないが」

「いえいえいえ！　私が言いたいのはそういうことではなくて」

通りすがりにちょっと子供をあやして修理しただけ。それなのに、王都まで馬車に乗せてくれるのでは、お礼の方が大きすぎる。

「本当に、たいしたことはしていないので……」

せっかく貴族の屋敷から逃げ出してきたのに、公爵の馬車に同乗するなんて気が重い。

恐れ多いと言えばいいかもしれないが、どちらかと言えば面倒だという気持ちの方がはるかに大きい。

「キラキラ！　まだある？」

ベスのその気持ちを違う方向に向けたのは、ニコと呼ばれていた男の子だった。

いつの間にか、ベスの足元まで移動してきていて、スカートを掴んでこちらを見上げている。

邪気のないその笑顔に、うっかりやられてしまった。

「キラキラ、ニコにちょーだい？」

スカートを掴んだまま微笑《ほほえ》まれれば、なんでもしてやりたくなってしまう。

子供の愛らしい笑顔というのは反則だ。絶対に、かなうはずがない。

「……ちょっとだけ、ですよ？」

もう一度、シャボン玉を飛ばしてやる。

「キレーイ！　もっと、ちょーだい！」

「いいですよ、どうぞ！」

指の動きに合わせて、キラキラとシャボン玉が飛び交う。それを見ていた公爵は、ベスに向かって改めて口を開いた。

「では、王都までの道中、子供達との遊びを依頼しよう。ニコラスは、そのシャボン玉が気に入っているようだし」

「……そういうご依頼でしたら」

貴族と同行するのは正直なところ気が進まないが、馬車に乗せてくれるというのならありが

たく乗せてもらおう。仕事を頼んでくれるなら、ベスとしてもありがたい。

「俺は、ヴィンセント。スタンレー公爵だ。こちらは従者のエヴァンとメイドのルーシー」

エヴァンとルーシーは、丁寧にベスに向かって頭を下げる。大貴族の家の使用人なのに、腰が低い。

ルーシーは、黒い髪が印象的な細身の女性だ。

メイドの制服を、一分の隙もなくきっちりと着こなしている。

代々公爵家に家令や執事として仕えている家の娘で、父親は執事、母親は元公爵夫人の侍女頭、今は家政婦として勤めているそうだ。

エヴァンの方は、焦げ茶色の髪に、緑色の目をしている。背は低いが、鍛えられているのがよくわかる。

「子供達は、上からカトリーナ、ザカリー、ニコラスだ」

カトリーナとザカリーは、警戒するような目をこちらに向けている。にこにことして、ベスにくっついているのはニコラスだけだ。

だが、警戒心を持っているのは悪いことばかりではない。噂に聞いた話だけでも、子供達の前にはたくさんの苦難が待っているのだろうから。

「ベスです。平民なので、姓はありません」

そう名乗ると、一瞬、公爵が妙な顔になった。だが、すぐにその表情は消えてしまう。

「では、ベス。王都までよろしく頼む」

「こちらこそよろしくお願いします、公爵様」

ベスもまた、丁寧にゆっくりと頭を下げる。

思いがけないことで、公爵の馬車に乗ることになってしまったけれど、王都までの間だけだ。

大きな問題にはならないだろう。

この時のベスは、そう思っていた。

# 第二章　冷遇されていた令嬢は、住み込みの勤務先を確保する

思いがけず、王都まで公爵家の馬車に乗せてもらうことになったが、その道中は思っていたよりもはるかに快適だった。

馬車は六人乗りのゆったりしたもの。

公爵に子供達三人、それにルーシー。そこにベスが加わっても、まだ余裕があるほどに広い。

子供達の相手をするために、ルーシーも同じ馬車に乗っているそうだ。

今までベスが乗っていた乗合馬車とは、乗り心地がまるで違う。揺れは極限まで抑えられているし、車内には湯をわかすための設備まで用意されていた。

子供達が飲み物を欲しがれば、ルーシーが、すぐに保冷の魔道具から冷たい飲み物を出したり、お茶を用意したりする。

馬車の揺れが少ないおかげで、飲み物を零してしまうこともなかった。

公爵一行は、普段は王都で生活しているそうだ。

今回は、王都から一日かかるところにある公爵家の別荘で過ごして帰るところだったという。

公爵が長期にわたって留守にした埋め合わせというところらしい。

片側の座席には、窓際に公爵、真ん中にザカリー、そしてカトリーナが並んでいる。ベスが

座っている側には、端からベス、ニコラス、ルーシーだ。

ベスの隣に座ったニコラスは、ご機嫌で足をバタバタさせていた。

「あそんで！」

「いいですよ！」

ニコラスが手を伸ばすと、ベスのハンカチが、ふわりと宙に舞い上がる。

「くだしゃいな！」

「はーい」

ニコラスの目の前で、ハンカチは左右にゆらゆら。きゃっきゃと笑ったニコラスはハンカチを掴み取ろうとした。だが、ハンカチは彼の手をすり抜けて、膝の上に。

「おー」

ニコラスの口がぽかんと開いた。前の席に座っているカトリーナとザカリーも、目を丸くしている。

「まだまだですよー」

ベスが指を動かすと、ハンカチがぱたぱたと折りたたまれていく。ニコラスの膝の上で、ぽんぽんと飛び跳ねながら、ハンカチは鳥の形へと変化した。

「とりしゃん！」

それを見たニコラスは手をぱちぱちと叩《たた》く。

「すごい！　それ、どうやったの？」

ザカリーが、こちらへと身を乗り出した。彼の青い目は、好奇心でキラキラと輝いている。

けれど、それも一瞬のこと。

「ザカリー！　お行儀が悪いわ。馬車ではちゃんと座っておかないと」

カトリーナの一言で、彼はしゅんとして座席に戻った。カトリーナの言葉は間違ってはいない。

だが、馬車での移動は子供には退屈なもの。もう一枚ハンカチを取り出し、もう一羽の鳥を作る。

「とりしゃん！　にこ！」

「違うわ、ニコ。鳥は一羽、二羽と数えるのよ」

向かいの座席からカトリーナが教えるが、ニコラスの耳には届いていないようだ。左手に魔術書を持ったベスは、ザカリーの膝の上にもその鳥を飛ばしてやる。

「……ハンカチを折っただけ？」

「はい、ザカリー様。庶民の遊びです。人形を持てない子も多いですからね」

おもちゃは基本的に高価なものだ。庶民の子供、特にベスが奉仕活動に行っていた保護施設で暮らしている子は、おもちゃなんて持てない。

木の棒にハンカチを巻きつけて女の子の人形代わりにしたり、拾った石をおもちゃの馬車に見立てて遊んだり。ハンカチをこうやって折って遊ぶのもそのひとつだ。

「……すごい」

膝の上に置かれた鳥を、ザカリーはじっと見ている。

「とりしゃん！　とばちて」

「かしこまりました」

ニコラスにせがまれるままに、二羽の鳥を飛ばしてやる。馬車の中を飛び回る鳥を、カトリーナも口を開けて眺めていた。

ベスが子供達の相手をしながら、数時間馬車に揺られて宿へと入る。明日は遅めに出発し、午後には王都の公爵邸に到着するそうだ。

ベスは室内を見回した。使用人用の部屋だが、それでも貴族が宿泊する宿だ。二台あるベッドは柔らかそうだし、寝具は清潔。

「では、私はお子様達と一緒に休みますので」

ここまで、ベスと一緒に来たルーシーは、片方のベッドの側に自分の荷物を置いた。

「ありがとうございます。でも……」

「お子様達には、付き添いが必要ですから。荷物だけここに置かせてください」

ルーシーは、ニコラスが夜泣きをするかもしれないから、子供達と同室で寝るという。

「では、おやすみなさいませ」

「……おやすみなさい」

丁寧に頭を下げて、ルーシーは部屋を出て行く。子供達のことを思うと、ベスの胸も痛んだ。

（でも、王都までのお付き合いだものね）

短い期間、ベスがニコラスにしてあげられることはそう多くない。けれど、その間は精一杯甘やかしてやろうと決めた。


翌日は、予定通り遅めの時間の出立となった。

幼い子供達がいるため、通常よりゆっくりと移動しているそうだが、乗合馬車を使っていたらこの倍はかかっただろう。

「おはようございます」

「おはよう、ベス。よく眠れたか」

「はい、ぐっすりと休ませていただきました」

公爵は、ゆっくり休んだベスを見てうなずいた。カトリーナとザカリーも「おはよう」と挨拶だけはしてくれる。昨晩も「また明日」と挨拶はしてくれたものの、愛想がいいとは言い難い。

ニコラスはともかくとして、カトリーナとザカリーは、ベスのことを余計な者として見ているらしい。こちらに向ける視線に棘がある。

もしかしたら、ニコラスがベスにべったりなのも、姉兄としては面白くないのかもしれない。

そんなことを考えている間に、馬車に乗り込む。昨日と同じ位置に座るなり、ニコラスはベスの膝に移動してきた。

再びベスが子供達を遊ばせながらの移動となる。

（……それにしても、ニコラス様は私が気になっているのかしら）

ニコラスは、ベスの膝の上を自分の位置と定めたようだった。ずっとベスの膝から動こうとしない。

「あい、どーぞ」

「ええと、ニコラス様。私が食べるわけにはいかないので……」

ニコラスはルーシーからもらったおやつのクッキーを、ベスの口元に押し付けようとする。

気持ちはありがたいが、子供のおやつを奪うわけにもいかない。

首を振《よじ》って逃げようとしたら、ニコラスはしゅんとした顔になった。こんな顔をされたら、断ってしまうのが申し訳なくなるほどだ。

「ベス、一枚食べてやってくれないか。それで、満足すると思うから」

「……ありがとうございます」

公爵がそう言ってくれたら、断るわけにはいかない。ニコラスが差し出したクッキーを、ありがたく口で受け止めた。

ニコラスの小さな口にも入るように、小さなクッキーだ。バターの香りが豊潤で、口の中でさくりと砕ける。

(美味しい。いい菓子職人を知っているのね)

「ベス、おいち?」

「はい、とっても美味しいです。あとは、ニコラス様が召し上がってくださいね」

「あーん、ちて!」

ベスに食べさせたから、自分にも食べさせろということだろうか。公爵の方に目を向けたら、軽くうなずくことで返事をされた。

(……ルーシーさんは、面白くないんじゃないかしら)

本職は乳母《うば》ではないようだが、今まで子供達の面倒を見ていたのはルーシーだ。

ニコラスがベスから離れないのを、彼女はどう思っているのだろう。

ちらりと彼女に目を向けるが、彼女もうなずいただけ。

クッキーを一枚取り、大きな口を開けて待っているニコラスの口元までそっと運んでやる。

ぱくっと食いついてくる姿は可愛らしい。

そうしている間も、公爵と並んで座っているカトリーナの方から言いようのない重圧感が押し寄せてくる。

カトリーナはベスが気に入らない様子で、こちらを見る目は冷たい。

「ニコ、お姉様が食べさせてあげる」

「あい、ねえさま」

カトリーナの方に身を乗り出す。またもや大きな口を開けたニコラスの口の中に、カトリーナはクッキーを入れてやった。

「お嬢様、そろそろおやつはおしまいです。もうすぐお屋敷に到着ですからね」

「……わかったわ、ルーシー」

そう返すカトリーナの声は静かなもの。

昨夜、ルーシーから家族のことについて教えてもらった。カトリーナは七歳、ザカリーは五歳、そして、ニコラスは三歳だそうだ。

公爵の姉がケンドリック侯爵家に嫁いで生まれた子供達のため、姓はケンドリックであって、スタンレーではない。

祖父母にあたるケンドリック侯爵夫妻は、今は領地にいる。

王都にいる子供達を気にかけているが、侯爵が身体を壊して闘病中。王都まで出てくることはできないらしい。

（カトリーナ様は、弟達を守ろうとしているだけとも言っていたっけ）

ルーシーは、ベスが子供達に悪印象を持つのが心配なのかもしれない。彼女は、子供達の部屋で休んでいたけれど、合間にベスにいろいろな話をしてくれた。

子供達の両親は、馬車の事故で亡くなった。その後、葬儀の間にいろいろと嫌なことを見聞きしてしまったようだ。

カトリーナは、本来もっと笑顔を見せる子供だったらしいのだが、両親が亡くなって以降、ずっと気を張っているのだとか。

(ルーシーさんも気にかけているし、悪いようにはならないでしょう)

こちらを睨《にら》みつけるカトリーナには、目元を柔らかくして返す。ぷいと顔をそむけられてしまったけれど、彼女の内心を思えば、それも当然だった。

馬車から降りると、屋敷で待っていた使用人達がいっせいに頭を下げた。

「お帰りなさいませ」

ずらりと並んだ使用人達が、揃って頭を下げる光景は、生家の伯爵家でも見たものだ。こうやって、ベスが出迎えられることはなかったけれど。

子供達は先に屋敷の中に入っていく。これから、旅の疲れを癒やすのだろう。

「公爵様、ここまで乗せてくださってありがとうございました」

お礼を言って宿を探しに行こうとしたら、エヴァンがベスを引き止めた。

「ベスちゃん、今から宿を探すのは大変だぞ。王都の宿は、いつだって混み合っているからな。ここに泊まっていけよ」

ここに泊まっていけよって、エヴァンが許可を出せるものではない。

エヴァンの口調は、使用人としてはあまりにも気安いもの。それでいいのか。そんなベスの様子に気づいたのか、エヴァンはケタケタと笑った。

「驚いた？　ごめんな、俺、これが地なの。今までは外だったからさー、公爵家の使用人にも品格ってものが求められるだろ？」

「……それはまあそうですね」

今のエヴァンは品格なんて気にしないように見えるけれど、そこは口を閉じておいた方がいいだろう。

ルーシーが、ぺちりとエヴァンの後頭部をはたく。

「ルーシー、痛い！」

「ちゃんとしなさいっていつも言ってるでしょう」

仲のいいふたりだ。ベスには、こんな風に気安くできる相手はいないから、少し羨ましい。

「大丈夫です。王都にも冒険者組合はあるんですよね？　場所を教えていただけたら、組合の部屋を借りますから」

王都のような都会の冒険者組合には、経験の浅い冒険者を何日か宿泊させるための部屋がある、と旅の間に冒険者組合で教えてもらった。

正確にはベスは冒険者ではないけれど、登録証は持っているから部屋を借りられる。冒険者組合の部屋は少々割高とも聞いているが、使用人組合にもこれから登録するつもりだ。

そちらで住み込みの仕事を探せば問題ない。公爵家の馬車に同乗させてもらったおかげで旅費も浮いたし、懐に余裕がある。

「まだ、きちんとしたお礼をしていない」

「充分ですよ！　ここまで乗せていただいただけで、充分です！」

公爵まで参戦してくるから、ベスはバタバタと手を振った。道中、子供達の遊び相手はしたが、たいした労力は払っていない。

「……ヴィンセント様、ベスに頼みたい仕事があったのでは？」

そっと横からルーシーが口を挟む。彼女のその言葉に、公爵ははっとした表情になった。

「そうだった……ベス、君に仕事を頼みたい。あとで話をできるか」

「お仕事でしたら、喜んで！」

「しばらくここで暮らしてもらうことになると思うが……」

ベスの目が丸くなった。

公爵がベスに何を依頼したいのかはわからないが、彼なら悪いようにはしないとここまでのわずかな時間でも確信できた。それはそれで、ありがたい話だ。

「ほら、だから俺が言ったでしょ、泊まっていけばって」

「あんたの言い方は、紛らわしいのよ」

もう一度、ルーシーがエヴァンの後頭部を叩く。一見殺伐としているようにも思えるけれど、エヴァンが笑っているから問題ないのだろう、たぶん。

ちらりと公爵の方に目をやれば、愛情半分あきれ半分といった様子でふたりを見守っている。

思っていた以上に、この屋敷では公爵と使用人の関係は近いのかもしれない。


結局その夜は、公爵家に宿泊することになった。客間は固辞して、空いている使用人の部屋を借りることになったが、これでも充分贅沢だ。

食事は公爵家の人々と一緒ではなく、ベスの部屋まで運ばれることになった。正式な食卓につくのは気疲れしそうだと思っていたから、その配慮もまたありがたかった。

なんと、料理を運んできてくれたのは、エヴァンである。

これからこの屋敷で働くというのに、公爵の側仕えに料理を運ばせてしまっていいのだろうか。

（まるで、とても大切なお客様みたい……）

一日馬車で移動してきて食欲はない。料理の量は控えめでお願いした。

パンとスープだけでいいと言ったのだが、さすがにそういうわけにもいかなかったらしい。

エヴァンが運んできてくれたのは、上質な肉と野菜を煮込んだスープとパン。添えられているのは、オーブンで焼き上げた野菜。卵とピクルスを使ったソースをかけて食べる。食後には、数種類の果物を盛り合わせたものまで。量はいずれも控えめで、これなら全部食べられそうだ。

「ベスちゃん、本当にここでいいの？　お客様なんだから、食堂で食べればいいのに」

「ここで充分です。ありがとうございます」

「ニコラス様は、ベスちゃんのことを気に入ったみたいだよね」

「嬉しいです……とても可愛らしい方ですよね」

「カトリーナ様とザカリー様は警戒してるって感じかな？」

「得体の知れない相手ですからね。警戒されて当然です」

ベスがそう言うと、エヴァンはくすくすと笑った。

エヴァンは、公爵の乳兄弟で、今は側近という立場で公爵に仕えているらしい。

基本的には秘書だが、旅先では身の回りのこともするし、護衛や御者等、必要があればヴィンセントに関することはなんでもするそうだ。

「まあ、料理を楽しんでよ。食べ終えた食器は廊下に出しておいてくれればあとで片づけるし」

「お気遣いありがとうございます」

「パンは、料理人が厨房で焼いてるんだ。めちゃくちゃ美味いよ」

そう言い残してエヴァンは出て行く。

（……悪い人ではないわよね）

外面と身内しかいない場所での態度がかなり違うのには驚いたけれど、不快感はない。

最初に、お勧めのパンをちぎって口に運んでみた。

焼きたてパンはさくさくのふわふわで、バターのいい香り。

こととこと煮込まれたスープも、疲れた身体に染みわたる優しい味だった。料理人は、いい腕をしている。

綺麗に完食してから、改めて考えを巡らせた。

（あとで、仕事の話をしようって言っていたけれど）

どんな仕事をさせてくれるのだろう。洗濯でも掃除でも料理でもなんでもいい。どんと来い、だ。

もしかしたら、犬とか馬の世話かもしれない。生活魔術の中には、『ペットの躾《しつけ》』も含まれている。

ベスの生活魔術の範囲は、他の人よりはるかに広いらしい。けれど、魔術書に新しい魔術が、次から次へと記されていくのだから使わない手はない。

（……よし）

公爵のところに行くまでには、まだ少し時間がある。言われた通りに食器を廊下に出すと、ベスは両手を広げた。

どこからかふわりと姿を見せたのは、ベスの魔術書である。

自分の魔術書と、他の人の魔術書が違うのは、ベスと魔術書の間にたしかな絆が感じられるか否か、だ。

「このお屋敷で働くなら、どんなお仕事が重宝されるかな。やっぱり、お掃除かしら。このお屋敷の窓をピカピカにするのは大変そうだし」

屋敷が大きいだけに、窓の数も多い。この屋敷の使用人の中に怠け者はいないだろうが、屋敷を完璧に整えるのは、なかなか大変な仕事になりそうだ。

洗濯も重労働だし、調理場の手伝いもできる。何を頼まれてもきっと大丈夫。

呼び出した魔術書に、ベスの魔力を流していく。これは、いつの間にか定着した習慣だった。

生活魔術しか授からなくて、がっかりした夜。

なんとなく、魔術書から声をかけられたような気がした。

きっとそれはベスの気のせいなのだろうが、こうやって魔力を流してやると仲良くなれたような気がして、毎日のように続けてきた。

旅を続ける中で、少しずつ疲労は蓄積していたのだろう。このところ、ベッドに横になった瞬間眠りに落ちてしまい、なかなか時間が取れなかったから、こうやって呼び出すのは久しぶりだ。

魔術書は、なんだかむっとしているように感じられた。ニコラスのためにシャボン玉を作ったけれど、使う時以外に魔力は与えていなかったから、怒っているのかもしれない。

「ごめんね、怒ってる？　怒ってない？　それなら、よかった」

魔術書とこうやって会話をしているなんて他の人に知られたら、変に思われてしまうかもしれない。だから、他の人の前でやったことはなかった。

足音が聞こえてくるのを察知し、魔術書を再びしまい込む。

訪れたのは、エヴァンだった。

エヴァンがベスを連れて行ったのは、仕事のために使っている部屋らしかった。机の脇には多数の書類が積み上げられている。

「ベス、よく来てくれた。ここに座ってもらえるか」

公爵が示したのは、部屋の隅に向かい合うようにして置かれているソファだった。おずおずとそこに腰を下ろせば、ふんわりと身体が受け止められる。

もちろんベスも貴族の娘だから、贅沢な品は見慣れている。見慣れているだけで、実際に自分が使う機会はほとんどなかったけれど。

そんなベスにも、この屋敷の家具は最上級のものであると容易に知れた。

だが、この部屋にいるのは落ち着かない。

こんな立派な部屋、ベスにはふさわしくないような気がして。そわそわとしながら、ベスの方から話を切り出した。

「公爵様、私のお仕事とは……？」

「もしかしたら、君には驚かれる申し出かもしれない」

ベスの生活魔術の範囲は広いから、たいていの仕事ならこなせる。何を頼まれても大丈夫だ。

ベスはやる気満々なのだが、公爵はベスの向かい側で、しかめっ面になっている。どう話を切り出したらいいのか迷っているらしい。

「あー、ベスちゃん。ヴィンセント様が頼みたいのは、君が想像しているのとはだいぶ違う仕事だと思うんだよー。というか、提案したの、俺なんだけど」

ベスがうなずくと、公爵は改めて口を開いた。

「ベス嬢、俺と結婚してほしい」

「……はい？」

思わず妙な声が出た。妙な声だが、この場合は許されるはず。

今、公爵は『結婚』と口にした。仕事の話をしに来たはずだったのに、なんで求婚されているのかわからない。

「エヴァンさん、私、お仕事の話だと思っていたのですが」

さすがに公爵を問い詰めることはできなくて、エヴァンの方に向き直る。

「だからー、業務として結婚してほしいの。っていうのも、こいつなかなか難しい立場だろ？」

「エヴァン、ちょっと黙れ。俺からすべき話だろう」

公爵がエヴァンを手で制すると、エヴァンは両手の人差し指を口の前で交差させた。口を閉じておきますと意思表示したつもりらしい。

「俺は、早急に結婚しなければならないんだ。それには、この国の法律が関係している」

なんでも、この国では幼い親族を引き取る際、正式に養子にした時と単に預かっている時で、法律上の手続きが大きく変化するのだそうだ。

単に預かっている場合は、預かる家の当主の他にふたりの後見人をもうけ、子供の利益を最大限に守れるようにするのが決まりらしい。

法的な手続きをしなければならない機会というのは多く、たいていの場合は、いったん養子として迎え入れるのが通例だそうだ。逆に、養子にしない方が奇異の目で見られてしまう。

もちろん、子供の財産には手を出せないよう王家の見届け人の前で書類を作る。

貴族の場合には爵位の継承順についてもきちんと定めて書類に記載する。これは、子供の財産や爵位を後見人が奪えないようにするための措置。

だが、正式に養子とする場合、ひとつ、越えねばならない壁がある。それは、独身ではなく結婚していること。これは、引き取り手が男性であっても女性であっても変わらない。

「正式に養子にしないと、どうなるんですか？」

「他にふたりの後見人を見つけないといけなくなるな。もちろん、そうなった場合も当てはあるんだが……何をするにしても、俺の他にふたりが同席しないといけなくなる。都合を合わせるのもなかなか大変だ」

公爵が子供の後見人を依頼するとなれば、そちらもそれなりに大貴族であることが求められるのだろうとベスは推測した。一応元貴族令嬢なので、そのあたりの手続きの煩雑さもなんとなくわかる。

「大変ですね……」

「そうなんだ。それで、早急に結婚相手を探すことになったんだ。本当は、子供達をケンドリック侯爵夫妻に頼めれば一番よかったんだが」

子供達にとって父方の祖父母にあたる侯爵が闘病中のため、正式に養子にするのは本人達としても難しいそうだ。

それに年齢のこともあり、子供達のことは公爵に頼みたいのだという。だが、肝心の公爵は独身である。

「でしたら、適切なご令嬢を迎えればよろしいのでは？」

「……子供達に拒まれている」

「そうなのですか？」

そう問いかけたら、公爵は困った顔になった。たしかに、子供との相性は大切だ。

「子供達が受け入れてくれる相手であるというのが、結婚において大前提となる。共に暮らすのだから」

「ですが、ニコラス様はともかく、カトリーナ様とザカリー様は、私を受け入れてくださっているとは思えませんが……」

ここまで公爵家の人々と行動を共にしてきたけれど、子供達の中でベスに懐いているのは、一番幼いニコラスだけ。

カトリーナは敵愾心《てきがいしん》を向けているし、ザカリーは姉に従っているように見える。

ふたりについて語らなかったけれど、口ごもってしまったベスの様子で公爵も察したようだった。

「それでも、カトリーナやザカリーが感情を見せているのは君だけだ。今までに会った令嬢達は、子供の相手に慣れていないというのはあると思うのだが」

今まで彼がお見合いしてきた令嬢達は、そもそも子供の相手に慣れていなかったのだろうというのはベスにも想像できた。

仕事の合間に、子供を保護している施設の手伝いをしていたこともあるから、カトリーナやザカリーの反応は当然だし、可愛らしいとも思っていた。

カトリーナに睨まれても、ザカリーが姉に従っても、ベスはそれを受け流せた。

関わるのは王都までの数日だけと思っていたから、必要以上に子供達の心に踏み込もうとは思わなかったのもその理由。

知らない大人に牙を見せるのは、警戒心の強い子供にとって当然のこと。弟達を守ろうとしているのならなおさら。

「俺がしっかり後見できれば問題ないが、子供達の相手をしている時間が取れないことも多い。ルーシーも、子供の相手が得意とは言い難いし」

「……そうでしょうか？」

少なくとも、馬車の中でのルーシーは、子供達に愛情を持って接しているように見えた。

たしかに子供の相手に慣れていないところも見受けられるけれど、それだって時間がたてば馴染んでいくものだ。

「ああ。それに、彼女は貴族のマナーには詳しくないからな。家庭教師をつけるつもりではいるが、その前に簡単に教えてもらえるとありがたい。君は、貴族としてのマナーを学んでいるのだろう？」

「……え？」

上手に取り繕っていたつもりだが、気づかれてしまっていただろうか。ベスがきょろきょろと自分の身体を見下ろすと、公爵は肩を揺すって笑った。

「詮索するつもりはないんだ。ただ、君のマナーは使用人のものとは違っていて、俺のものに近かったから」

平民としてやっていくつもりでいたが、貴族と平民でマナーが違うのは、頭から抜け落ちていた。

貴族の出だと見抜かれていたか。どうしたものかと、頭を目まぐるしく回転させる。

幼い頃、厳しくしつけられた弊害と言えば弊害か。一度身に付けたものは、なかなか抜けないらしい。

「たしかに、貴族でしたが、家は没落しました。今の私は、平民です。生家については、聞かないでください」

言葉を濁した。これで、相手はいいように思ってくれるだろう。相手が没落貴族の場合、必要以上に詮索するものではないとされている。公爵も、ベスの説明で納得したようで、話題を戻した。

「真剣に考えてもらえないか。こちらとしても、できる限りの条件を提示するつもりだ」

そう彼が口にする。ベスは、考え込んだ。

子供達のことが気にならないと言えば嘘になる。

幼くして両親を失い、叔父と暮らすことになった。

しかも、叔父も目の前のことに手いっぱいで、子供達に対して行き届かない点もあるかもしれない。そんな中でも、子供達を愛し、できる限り最良の生活環境を整えようとしているのは、好感が持てた。

「もし、このお仕事をお引き受けするとしたら、私の身分はどうなりますか？　平民が、公爵様と結婚するというのは珍しいと思うのですが」

平民が貴族に嫁ぐケースは、めったにないことではあるが、皆無ではない。けれど、平民から公爵に嫁いだ例はなかったと思う。認められるのはせいぜい伯爵家までだ。

「問題ない。俺の方で調える。そうだな、エヴァンの親戚の家の養子ということにしようか」

「それでよろしいのですか？」

「問題ない。エヴァンの家は、公爵家の派閥だから」

エヴァンは、公爵家の派閥に属する子爵家の息子だそうだ。家を継ぐ必要はないため、公爵の側近として働いているらしい。

他国の平民を養子にして、公爵家に嫁がせる。それって、問題ないのだろうか。問題ばかりの気もするけれど。

「ベス嬢、頼めないだろうか」

「契約ということでよろしいですか」

「ああ。契約書も作ろう」

公爵夫人としてこの屋敷にとどまるのであれば、少なくとも住み込みという形にはなる。

仕事を探していたのは事実だし、ベスにとってもちょうどいいと言えばちょうどよかった。

それもあるが、何より気になるのは子供達の様子。

カトリーナは、弟ふたりを守ろうと必死だからこそ、ベスに敵愾心を向けてくる。ベスが敵愾心を向けられるのはかまわないが、今後彼女達と関わる大人達すべてを拒むわけにもいかない。

あのままでは、いつかカトリーナはつぶれてしまう。

ザカリーもニコラスも心配だ。

「そのお仕事、喜んでお引き受けさせていただきます」

「……いいのか？」

ベスに申し入れをした公爵の方が驚いている。ベスは安心させるように彼に笑みを向けてから口を開いた。

「はい。公爵様のお気持ちを大切にしたいと思ったんです。一番大切なのは、お子様達ですよね」

ベスにとって、家族の存在はよくわからないもの。愛情に飢えている自覚はある。

何も考えずに、ベスのことを慕ってくれるニコラスを愛おしいと思ってしまったのも、この仕事を引き受けようと思ったきっかけかもしれなかった。

「よろしく頼む」

「お任せくださいませ、きっちりきりきり働きますから！」

令嬢らしからぬ口調でベスがそう宣言すると、公爵はベスに右手を差し出した。

「よろしく頼む。ヴィンセント、と呼んでくれ」

「ベスです。よろしくお願いします……ヴィンセント様」

公爵――ヴィンセントはベスの名前をすでに何度も呼んでいたけれど、ベスから彼の名を呼ぶのは初めてだ。彼が少しだけ口角を上げたので、ベスもなんとなく嬉しくなってしまった。

翌朝、子供達の前にベスが姿を見せると、三人とも目を丸くした。

ベスが身に着けているのは、ルーシーから借りた服だったからだ。ルーシーの服の方が、ベスの服より上質だからと、ルーシーが貸してくれたのだ。

ルーシーとは体格が似ていたから、ちょうどよかった。

「どういうつもり？　それ、ルーシーの服でしょ？」

と、尖った声を出したのは、カトリーナ。意志の強そうな緑色の目が、正面からベスを睨みつける。

「後ほど、公爵様……ヴィンセント様からお話があります」

静かな口調でそう言うと、カトリーナはしぶしぶ食卓についた。『ヴィンセント様』で、肩を跳ね上げたから、ヴィンセントとベスの関係が変わったことをそれだけで察したのかもしれない。

（……頭のいい子よね。だからこそ、弟達を守ろうとしている）

カトリーナのその姿勢は、ベスにとって好ましいものではあった。ベスを受け入れないというその姿勢も。

「姉様」

「あんたは黙ってなさい」

おろおろとした口調でザカリーが声をかけるが、カトリーナは両手を膝の上で揃え、じっと前を見据えているだけ。

「ベス、きれい！」

「ありがとうございます」

ルーシーの私服だというのを、ニコラスは気づいていないのだろう。まだ、三歳だから、彼にそこまで望むわけにはいかない。

「ここ、すわる？」

「お隣、よろしいですか？」

にこにことして、自分の隣を示すニコラスは、うっとりとベスを見ている。

ルーシーから借りたのは、緑色のドレスだった。ベスの赤い髪とは相性が悪いのではないかと思ったが、身に着けてみれば、意外なほどにしっくりとくる。

ルーシーが髪も結ってくれたので、久しぶりに朝から貴族令嬢らしい装いをした。生家にいた頃、令嬢らしい装いを許されたのは定められた夜会に出席する時だけだった。

「あのね、これおいしい！」

ニコラスは、皿の上にあるオムレツを指して教えてくれる。

そろそろ来るだろうと思っていたら、きちんと身なりを整えたヴィンセントが食堂に姿を見せた。

「もう、皆揃っていたのか。では、いただこうか」

普段は、子供達と食事の時間が合わないことも多いのだと、髪を結ってもらっている間にルーシーから教えてもらった。

「叔父様、なんで、この人がここにいるの？　しかも、ルーシーのドレスを着て」

「俺が頼んだんだ。食事を終えたら、話をしよう」

公爵家の朝食は、栄養バランスもきちんと考えられたものだった。温かな野菜スープに、オムレツ。茹でてソースを絡めた野菜に、焼きたてのパン。

子供達の皿をちらりと眺めてみれば、それぞれの体格に合わせて、きちんと料理の量も調整されていた。

「あげる！」

「ニコラス様。それは、ニコラス様の分ですよ。はい、どうぞ」

半分に割ったパンをベスに差し出してくるので、ありがたくそれを受け取る。そして、ひと口サイズにちぎってニコラスの口に放り込んでやった。

「おいち！」

「焼きたてですね。ふわふわで美味しいですね」

食卓がしーんとしてしまっているので、次のパンを口に入れてやりながら、ちらりと視線を上げる。

向かい側の席に座っているヴィンセントは、目を見開いてニコラスを凝視していた。右手に持ったフォークをニコラスは振り回し、次をねだるように口を開ける。

「ニコラス様、オムレツも食べてみませんか？」

「チーズはいってる？」

「どうでしょう。ひと口食べて、教えてくださいな」

「うん！」

今まで振り回していたフォークを、オムレツに突き刺す。

上手にひと口分切り分けて、自分で口に運んだ。半熟のオムレツが口の周りに残っているが、それはかまわない。

「チーズ、はいってた！」

「では、私もいただきますね」

カトリーナは、険しい目でベスとニコラスの様子を観察している。彼女とは、ヴィンセントの話が終わったあとで、時間を取ろう。

ザカリーは、誰の助けを借りることもなく、ひとりでもくもくと食べ続けていた。

野菜は嫌いなようで、フォークの先でしばらくつついていたが、思い切った様子で最後にきちんと口に入れた。

フォークでつつきまわすのは誉められたことではないが、残さずに食べられたのはすごい。きっと、亡くなったヴィンセントの姉がきちんと声をかけてきたのだろう。

朝食を終えると、一同はヴィンセントの仕事部屋に席を移した。

「ごほん！　たくさんある！　ニコよめる？」

「ニコには難しいんじゃないかな。叔父様、どう思う？」

「仕事の本ばかりだからな、難しいと思うぞ」

昨夜も訪れたヴィンセントの仕事部屋は、二階にあって日当たりがよかった。

子供達はこの部屋に入る機会が少ないらしく、珍しそうにきょろきょろと見回している。そんな子供達を片方のソファに座らせ、その向かい側にヴィンセントは腰を下ろした。隣にベスを手招きする。

「ベスが、ここにいるのを不思議に思っているかな」

「叔父様、どういうこと？　ベスは、王都に戻ってきたらお別れだと思っていたのに」

緊張した様子を隠せないカトリーナは、そうたずねるなり唇を引き結んだ。まるで、納得できない返事は許さないとでも言いたそうに。

「ベスに、結婚を申し込んだ」

「――どういうこと？　ベス、あなた、叔父様にどうやって取り入ったの！」

「カトリーナ、腰を下ろしなさい」

立ち上がってベスに指を突きつけたカトリーナに、ヴィンセントは静かな声をかけた。声音は穏やかなものだったけれど、そこには逆らわせないという意思も込められていた。

立ち上がったカトリーナは、ヴィンセントの言葉に静かに腰を下ろす。だが、頬は思いきり膨らんでいて、ヴィンセントの判断が間違っていると主張していた。

「カトリーナ、君にはきちんと説明するね。君達を正式に我が家の養子にするためには、俺が結婚する必要があるんだ」

「……だけど」

今までにも何度か話をしようと思ったことはあるらしい。けれど、毎回カトリーナはその場から逃走していた。

今回、ベスを目の前にして逃げられないと悟ったようだ。

それからヴィンセントは、できるだけ優しい言葉を選びながら、事情を説明していく。

法的にヴィンセントの庇護下にあるのとないのとでは、子供達が受けられる恩恵が大きく変わってくること。

爵位や財産については、正式に書類をかわす前にきちんと決めて、絶対に守らなければいけない約束事として、王宮に届けること。もし、ヴィンセントが財産を勝手に奪えば、王家によって罰を与えられることなど。

「結婚しないとだめなのかしら？」

「王宮からも命じられているからね。君達のおじい様とおばあ様のところで暮らせれば一番よかったんだが……」

このまま行くと、王宮から結婚相手が送り込まれてくると聞いて、カトリーナはうつむいてしまった。今までやってきた女性達とベスを頭の中で比較しているのだろうか。

「……カトリーナ様」

ベスに呼ばれて、カトリーナはぱっと顔を上げた。今までとは違い、彼女の顔には不安の色が浮かんでいる。

ここで納得してもらうのは難しいだろうが、できる限りの話は先にしておいた方がいい。

「私のことは、乳母とか子守りメイドみたいなものだと思ってください。公爵様とは、きちんと契約書をかわして、仕事の範囲を決めますから、安心してくださって大丈夫です」

子供達が落ち着きを取り戻し、ヴィンセントに真に愛する人ができたなら。その時は契約を解除しようと思っている。

「……乳母なら我慢するわ。ニコには、面倒を見てくれる人が必要だもの」

「はい。あとは、公爵様が、カトリーナ様達を守るお手伝いをします。それで納得していただけませんか？」

カトリーナは、完璧に納得したわけではないだろう。だが、しぶしぶうなずいた。

「ルーシーは忙しいものね。我慢するわ」

口ではそう言ったけれど、やはりベスのことはまだ信用する気にはなれないらしい。ベスからは、ぷいと顔をそむけてしまう。

「わかってくださってありがとうございます。公爵様、お仕事もくださいね」

「わかった」

「大丈夫ですよ、私、生活魔術の使い手としては一流なので！」

ぐっと右手を握りしめ、右腕を曲げて力こぶを作ってみせる。実際のところ、力こぶができるほど筋肉が発達しているわけでもないが。

「おそと、いきたい！」

「ニコラス様、勝手に外に行ってはいけませんよ。ちょっと待ってくださいな」

一応、この場には呼ばれたものの、ニコラスは早くも話に飽きてしまったようだ。ソファから身を捩って滑り降りると、ベスのところまで来た。

両手を広げ、抱き上げるよう身振りで示す。

「おそと、だめ？」

「ねえ、叔父様」

声をあげたザカリーの方にちらりと目をやれば、彼も姉が納得したことで彼なりの落としどころを見つけたようだった。うん、とうなずいて立ち上がる。

「僕もニコと外に行く。それなら、いいでしょ」

「わかった。カトリーナ、君はどうする？」

「私は、お部屋に戻ります。お勉強しないと。終わったら、ルーシーに丸つけしてもらいます」

ザカリーに続いて立ち上がったカトリーナは、ベスには見向きもせずに言った。

ベスが屋敷にとどまるのは受け入れても、カトリーナ本人はベスとあまり関わりたくないらしい。

「ベスに見てもらうのはどうだ？」

「いいえ、ルーシーがいいの。今まで面倒を見てくれたのは、ルーシーだもの」

ヴィンセントの問いに、カトリーナは首を横に振る。ベスは、ヴィンセントに向かって首を横に振ってみせた。

いきなり、ルーシーと同じぐらい信頼してもらうのも難しい。

カトリーナの目は潤み、唇は震えているのにも気づいてしまった。

（納得しているわけではないのよね。でも、これ以上何を言ってもヴィンセント様の気持ちが変わらないこともわかっている）

カトリーナには時間が必要だ。

あまりにも彼女の人生は大きく変わりすぎて、きっとまだ心の整理がついていない。それに、ひとりではなくルーシーが側にいるというのならそこまで心配しなくていいだろう。

くるりと向き直るなり、カトリーナは部屋を出て行ってしまった。

「……ベス」

困ったようにヴィンセントは息をついた。

「私がここにいることを認めてくださっただけでよしとしましょう。ザカリー様、ニコラス様、お外に行きますか？」

「うん！」

ベスの腕の中におさまったままのニコラスは、ご機嫌で手を振る。ザカリーもまた、カトリーナから離れただけで、少し落ち着いたようだった。

「お庭で何をしますか？」

「ワンちゃん、みにいくの！」

なんでも、公爵家で飼っている番犬が、最近出産したらしい。犬係の許可を得れば、子犬と遊ぶことができるようだ。

午後、子供達が昼寝をしている間に、仕立て屋と相談してベスの衣服を仕立てることになっている。それまでの間はルーシーの服を借りることになるから、汚さないように気をつけなくては。

犬舎は、屋敷から少し離れた裏手の方にもうけられている。

犬達は、昼の間は、犬舎の周囲に張り巡らされた柵の中にいて、訓練を受ける時間以外は思い思いに過ごす。

夜は犬舎の扉も柵の扉も開放されていて、好きなところで眠りにつく。侵入者があればすぐにそこに駆けつけるのだとか。

魔物がふいに姿を見せることもあるから、貴族の屋敷ではこうして犬を飼っている。人間よりも、犬の方が先に気づくことが多いからだ。

ザカリーもベスの腕から降りたニコラスも、柵に張り付くようにして内側を眺めていた。

「ワンちゃん！　かぁいい！」

「ねえ、子犬と遊んでもいいかな？」

柵の向こう側では、ころころとした子犬達が戯れている。

まだ幼く、全体的に丸っこいが、それなりに体つきはしっかりとし始めていた。生後数か月というところだろうか。

「気をつけてくださいね。子犬達もぼっちゃん達と遊ぶのを楽しみにしていますよ、きっと」

犬係は、子供達と一緒に来たベスが誰なのか気になっている様子だった。じっとこちらを見ている。

「ベスです。子供達の乳母みたいなものだと思っていただければ。あとで、公爵様から説明があると思います」

「……乳母」

正確に言えば公爵の契約結婚相手なのだが、勝手に話すわけにはいかない。犬係は、ベスの言葉で納得した様子だった。

犬係が子犬達を柵の外に出してくれる。子犬達はころころと走ってきて、親犬が何頭か、ゆったりと柵沿いまで移動してきた。

「ニコ、見て！　ほら、ほら！」

ザカリーは、駆け寄ってくる子犬達に囲まれてまんざらでもない様子だった。だが、ニコラスは兄についてきたはいいものの、あまりにも子犬が殺到するのに驚いたらしい。

「うわーん！」

子犬達は尻尾をふりふり、前足でニコラスの足に乗り上げたり、背後からにおいを嗅いだりしている。

尾は激しく振られているから、子犬達に敵意はない。けれど、ニコラスにそれを納得しろと言っても難しいのかもしれない。

「うわーん！　ママ、ママ！」

ついには泣き出してしまったニコラスは、『ママ』と声をあげ始めた。それを聞いたベスの胸がきゅっと痛くなる。

ニコラスも、父や母がどこかに行ってしまったというのは理解していても、二度と会えないとは思っていないのだろう。

「ママー！　あーん！　こわいーー！」

ベスは、子犬達を踏んだり蹴ったりしないよう注意しながらニコラスに駆け寄り、そのまま抱き上げる。

「大丈夫、大丈夫ですよ、ニコラス様」

「ママ？」

「ママ、じゃないんですけど……」

ぽんぽんと背中を叩いてなだめてやる。涙でべしょべしょになった顔を、ニコラスはベスの肩に押し付けた。

ルーシーから借りた服であったことを思い出したけれど、綺麗に洗えばたぶん大丈夫。親犬達は、柵の内側で、困ったように行ったり来たりしていた。

「ワンッ！」

と、高い声。心配をしているのは、ベスにも伝わってくる。

「ワンちゃん、こあい！」

「そうですね、全員一気に来たからびっくりしちゃいましたね。ザカリー様は、囲まれても大丈夫ですか？」

「うん、僕は大丈夫だよ」

ちらりとベスに目をやり、ザカリーはすぐに視線をそらした。

近づいてくる子犬達を順番に撫でたり、顎の下をくすぐってみたり、時には前足を掴んで握手してみたりと、それなりに楽しくやっているようだ。

「ママ？　こあい？」

「私は大丈夫ですよ、そうですね……一匹だけこちらに来てくれたらいいんですけど」

犬係が、子犬のうち一匹を選んで連れ出す。少し離れたところで、その子犬とニコラスは向かい合わせに座った。

舌を出し、尾を激しく左右に振り回している子犬は、ニコラスの膝に前足をのせ、身体を伸ばして頬を舐めた。

「くしゅぐったい！」

今の今まで泣いていたニコラスの機嫌が、一気に上昇する。たくさんの犬に囲まれると怖いけれど、一匹だけならむしろ可愛く思えるようだ。

「あ、かんじゃやだ！」

子犬は子犬で、ニコラスの手を甘噛みしようとしている。ベスはそっと手を出して、子犬の顔を遠ざけた。

ベスの手に、子犬が歯を立てようとする。まだ、加減を覚えていないから、あまり強く噛まれても困る。

「よしよし、いい子ね……お座り」

犬の背中に手を当ててうながす。こっそり、生活魔術を発動した。

生活魔術、ペットの躾である。これを使うことで、ペットはある程度ベスの言うことを聞いてくれる。

（お座りして、ニコラス様は噛まないように。急にとびかかるのもだめ）

まだ、本格的な躾を始める時期ではないだろうから、ここではニコラスをびっくりさせないようにすることだけお願いする。

本格的な躾ではないから、ベス達が帰ったら、すぐに忘れてしまってもかまわない。

「かわいい。ねえ、ママ、かわいいねえ」

「ニコラス様も可愛いですよ？」

「ほんと？　ニコ、かわいい？」

「ええ、とっても可愛らしいです」

可愛い、と連呼されて、ニコラスは思案顔になった。それから、今までしがみついていたベスの膝から滑り降りる。

「あのね、ニコ、かわいくない。かっこいいの！」

「そうですね、ニコラス様は格好いいですね！」

男の子であれ、女の子であれ、可愛いとか格好いいとか、自分を誉める言葉にこだわりを持つ時期があるものだ。ニコラスは、可愛いより格好いいと言われる方が嬉しいらしい。

「でしょ！　ニコ、かっこいい！」

目をやれば、ザカリーは子犬達を驚かせることなく、上手に犬達と戯れている。犬係も見てくれているし、こちらはニコラスに集中していて大丈夫。

「では、競走しましょうか！」

「すりゅ！」

子犬を立ち上がらせ、ニコラスと子犬で追いかけっこだ。最初のうちは、勝敗を決めようとしていたけれど、そのうちそんなことどうでもよくなってしまった。

「ニコ、はしる！」

先に立って走るニコラスのあとを、子犬が追いかけていく。先ほど囲まれて怖かったのを忘れたかのように、ニコラスはザカリーの方に走っていった。

「にいさま、ニコかっこいい！」

「……その犬、ずいぶん懐いたね」

「おともだち！」

自慢そうに小さな胸を張るニコラスを見るザカリーの目は、しっかりお兄さんだった。きっと、両親が亡くなってから、カトリーナ筆頭にこうやって助け合って来たのだろう。

（……全力で守らなくちゃ）

これ以上、子供達につらい思いをさせてはいけない。強く、そう思った。

# 第三章　冷遇されていた令嬢は、小さな暴君達に振り回される

一応、スタンレー公爵夫人ということになったわけであるが、ベスの日常は伯爵家にいた頃とあまり変わらなかった。

あの頃はしぶしぶ家事をやっていたのが、今はベスがみずから進んで手を動かしているところが違いか。

「奥様が、そんなことしなくていいんですよ」

朝、せっせと庭の花に水をやっていたら、あとからルーシーが出てきて苦言を呈した。

ルーシーの言いたいことはわかる。

公爵夫人が朝から庭仕事に精を出すなんて、本来ならありえない。

「でも、ルーシーさんにも、子供達の相手をしてもらいたいですよ。三人とも、ルーシーさんのことが大好きだから」

それにルーシーのことを呼び捨てにしないのも間違っている。

けれど、ベスはこの家では新参者だし、一応公爵夫人であっても、雇われている身だと思っている。使用人としては、ルーシーの方が先輩だ。

「それに、私を侍女にしても侍女の仕事がないじゃないですか！」

ルーシーは腰に両手を当てて嘆息した。それもちょっと申し訳ないと思う。

今のところは必要ないと思いつつも、公爵夫人としてふるまうことが必要になるかもしれないからと、ベスの侍女になってもらったのだ。

「ルーシーさんが側にいてくれた方が心強いと思うんです。私だけじゃなくて。子供達も」

さすがにメイドのまま、私室で共に過ごすというのは難しい。侍女ならば、ベスが行くところにはどこでも同行できる。

「それに、私が水やりをしたかったんです。公爵邸の薔薇《ばら》は見事だし」

ちょうど、夏咲きの薔薇が満開を迎えようとしているところ。白、赤、ピンクに黄色。オレンジ色の薔薇もちらほらと交ざっていて、夢のように美しい光景だ。

「……それで、次は何をなさるおつもりです？」

「朝食の下ごしらえはもう終わったから、子供達に食事をさせたら、窓を磨こうかしら」

「使用人の仕事を取るのはおやめくださいませ……って、仕事はいくらでもわいてくるんでしたね」

「そういうこと」

先代の公爵が亡くなったのは、今から一年前のこと。

公爵夫人は若くして亡くなったそうで、嫁ぐまでの間はヴィンセントの姉が、彼女が嫁いだあとは家政婦が屋敷の切り盛りをしてきたそうだ。ルーシーもその手伝いをしていて、屋敷のことは家政婦かルーシーに確認すればいい。

「ベス様のおかげで、たしかに以前より細かいところまで目が届くようになりましたが」

「それなら、よかった。私の生活魔術も悪くはないと思うんです」

伯爵家ではそれこそ馬車馬のように働かされていた。

そのおかげか自分でも、おかしくなるほどにぐんぐんベスの魔力は増えていって、使える魔術も多くなっていた。

先代公爵は急に病気で亡くなったため、ヴィンセントへの引継ぎも充分には行われていなかったようだ。

そのため、ヴィンセントは公爵としての責務を果たすべく、今必死に仕事を覚えているところ。その上、親を亡くしたばかりの子供達を預かっているのだ。

彼のこの一年の苦労がどれほどのものか、頭の下がる思いだ。

それはそうとして、公爵家では、まだ手が回っていないところが多々ある。

ベスが家事の一部を肩代わりし、空いた時間では執事他信頼できる使用人達に領地のあちこちを視察に行ってもらっている。

王都の屋敷で過ごしている間も、こうやって領地の情報を入手しているわけだ。

「ルーシーさん、子供達の施設は問題ないんですよね」

「はい。運営にかかる費用は、公爵家から送っていますし、適切に使用されているのも確認済みです」

「それならよかった」

ベスが気にかけているのは、親を失い、施設で育てられている子供達のこと。

生家の伯爵家で暮らしていた頃から、時間を作って、両親のいない子供達を育てている施設を訪れていた。そういった施設は、たいがい裕福な者達からの寄付金で運営を賄っている。

オルディス伯爵の領地では、親のいない子供達にはあまり重きを置いていなかった。そのため、食べていくのがやっとのこと。

ベスが生活魔術を駆使して建物や家具を修理し、子供達の衣服を繕い、畑の世話をして、少しでも子供達の生活がよくなるよう援助してきた。

必要があれば、公爵家でも同じようにするつもりだったけれど、そこまでしなくても問題はなさそうだ。

「――わ！」

不意に後ろから声をかけられて、ベスは飛び上がった。背後から大声を出したのはザカリーだ。

「おはようございます、ザカリーさん」

正式に、ヴィンセントとの結婚の書類は整えられた。同じ日に、養子縁組の書類もきちんと整ったそうだ。

一応親子ということになったため、ベスには子供達を呼び捨てにするようにとヴィンセントから頼まれているけれどまだ難しい。『様』ではなく『さん』で呼ぶことで妥協してもらった。

「……おはよ」

そっぽを向いたままだったけれど、一応ザカリーは挨拶してくれた。それから、握った右手をパッと差し出す。

彼がポイっと放り投げてきたのは、バッタだった。かなり大きい。

飛んできたバッタは、ベスのスカートにしがみついている。それを見下ろし、ベスは目をぱちくりとさせた。

「バッタですね？」

「バッタですね」

ルーシーも冷静に返してきた。

施設では、子供達から虫を見せられたり、セミの抜け殻や得体のしれない虫の卵を渡されるのなんてしょっちゅうだった。

エプロンのポケットにセミを入れられ、中でバタバタされて悲鳴をあげたこともある。抜け殻だったら悲鳴をあげなくてすんだのに。

ポケットでバタつくセミならともかく、しがみついているだけのバッタならまだ可愛らしいものだ。

「ザカリーさんは、バッタを飼いたいのかしら？　私、バッタの飼育はしたことないんです。ルーシーさん、あなたはある？」

「いいえ、ですが、バッタは短命です。このまま自然に帰してやった方がよろしいかと」

「ザカリーさん、あなたはどう思いますか？」

ベスに問いかけられて、今度はザカリーが目をぱちくりとさせる番だった。どうやら、ザカリーが思っていたのと違う反応だったらしい。

「泣かないんだ……？」

茫然《ぼうぜん》とした口調でつぶやき、視線をあちこち走らせている。身体をそわそわと揺らしているので、落ち着かない気分なのだろう。

「どうしても面倒を見たいというのなら考えるけれど、そうではないのなら、お庭に放してあげた方がいいと思うの。ザカリーさんはどうしたいですか？」

「えっと……逃がす」

しばらくうろうろと視線を泳がせた末に、ザカリーはそう結論を出した。うなずいたベスは、バッタをそっと通りすがりの草にのせてやる。

「バッタ……掴めるんだ……？」

目を丸くして、その様子を見ていたザカリーは再びつぶやいた。ベスは、内心で胸を張った。バッタぐらい掴めなければ、子供達の相手なんてできないのだ。

「朝早く目が覚めてしまったんですね。そろそろ朝食の時間だけど、一緒に行きますか？」

「……うん」

やはり、目をそらしたままザカリーは言った。

ベスが差し出した手には、見向きもしない。

（私に、どう対応したらいいのか、迷っているのかしら）

先に食堂に行くかと思ったら、ニコラスの部屋に向かうベスにそのままついてくる。並んで歩くのは嫌なのか、やや後ろに下がっていた。

ニコラスの部屋は、可愛らしい家具でまとめられていた。

壁紙は青をベースにしたもの。空に見立てられていて、雲や虹があちこちに描かれている。

部屋の中央には、天蓋付きの大きなベッド。

その端で、ニコラスはすやすやと眠っていた。子供は寝相が激しいから、寝ている間にここまで来てしまったのだろう。

部屋の隅にもうけられている洗面台で綺麗に手を洗ってから、そっとニコラスの肩に手を置く。

「ニコラスさん、起きてください。朝ですよ」

「むぅ」

軽く肩を揺すると、ニコラスは小さくうなった。それから目をぱちりと開き、今の今まで眠っていたのが嘘のように勢いよく起き上がる。

「ママ!」

ママ、ではないのだけれど。

何度か訂正してみたのだが、ニコラスにとって使用人ではない若い女性はママと刷り込まれているらしい。それに、修正する度に悲しそうな顔をされてしまえば、ベスの胸も痛む。というわけで、『ママ』と呼ばれることを受け入れた。

「はい、ママですよ。おはようございます」

「おはよ」

ベスの胸に顔を埋《うず》めて、もごもごと言う。それから、室内にザカリーがいるのに気づいて満面の笑みを浮かべた。

「にいさま、おはよ」

「……おはよう」

挨拶をされたザカリーの方が、どう反応していいものかわからないらしい。それでも、ベスがニコラスの顔を洗い、着替えさせるのを横でじっと見ていた。

ルーシーにシーツの替えをお願いし、ニコラスと手を繋いで食堂に向かう。ヴィンセントとカトリーナは、もう食堂にいた。

「おはようございます」

先にテーブルについていたカトリーナは、ベスが弟ふたりを連れてくるのを見て、下唇を突き出した。

「カトリーナ、挨拶はどうした」

「……おはようございます」

ヴィンセントにうながされ、しぶしぶそう口にする。今日も、機嫌はよくなさそうだ。

（……私のこと、認めたくないのでしょうね）

結婚したのも書類上のことだけだし、いきなり本当の家族のようになれるとは思っていない。乳母とか子守りメイドの延長のようなものだと思ってもらえれば一番ありがたいのだけれど。でなければ、たまたま家に遊びに来ている近所の住民ぐらいの扱い。

まだ、乳母としても子守りメイドとしても認められていないのなら、挨拶の口調がぶっきらぼうでもしかたない。

ヴィンセントが申し訳なさそうに、こちらに向かって軽くうなずく。彼にうなずき返しておいて、ニコラスを座らせた。

ニコラスはある程度スプーンもフォークも使えるが、まだ危なっかしいところがある。ベスが隣に座って、ニコラスの食事を手伝い、合間に自分の分もきちんと口に運ぶ。このあたりは、子供達の保護施設で手伝いをしていたから慣れている。

今日も、公爵家の朝食は野菜スープにベーコンや卵料理等、きちんと栄養バランスを考えられたものだった。ニコラスがヨーグルトの器をひっくり返してしまったので、新しい皿を運んでもらう。

朝食を終えたら、カトリーナとザカリーは、先日から来てもらっている家庭教師と共に勉強の時間。ルーシーは、ふたりと一緒に行ってもらう。

仕事部屋に向かうヴィンセントを見送り、ベスはニコラスを連れて庭園に出る。

ニコラスは、昼食まで自由時間だ。

「さーて、ニコラスさん。私が何をしようとしているのかわかりますか？」

「おそーじ！」

「正解です！」

窓の掃除を、一気にやってしまおうというのだ。使用人達はきちんと仕事をし、ピカピカに磨いているのはわかっているが、ニコラスの前で生活魔術を使うと喜んでくれる。

「では、道具を用意します！」

「あい！」

用意したのは、たくさんの雑巾と屋敷中のバケツ。掃除担当のメイド達も手伝ってくれる。

「まずは水を汲むわよ！　みんな、お願いしますね！」

本当は水汲みも自分でできるけれど、そこはメイドさん達にお任せ。雑巾を綺麗に洗うのも、だ。バケツのうち三つは洗剤液用にする。

「生活魔術……お掃除！」

ベスが合図をすると、洗剤液を作ったバケツに雑巾が飛び込んだ。メイド達がよーく絞ったら、今度は窓へ。屋敷中の窓を外から磨く。

ある程度汚れを落とせたら、再びバケツへ。メイド達が雑巾を洗い、洗剤液のバケツへ。綺麗になった雑巾は、別の窓へと飛んでいく。

「ママ、すごい！　きれい！」

雑巾達がひらひらと空中を飛び交う様に、ニコラスは手を叩いて大喜び。汚れを落とせたら、今度は水拭きだ。洗剤の成分が窓ガラスに残らないよう、数回水拭きする。

掃除メイド達は、バケツの水を新しいものに取り換えたり、雑巾を洗ったりとベスの手伝いをしてくれる。

「おしまい？」

「いいえ、これからが仕上げですよ！」

最後は、曇りがないように真新しい雑巾でピカピカに磨き上げる。

屋敷中の窓を人の手で磨こうと思ったら、一日がかりの作業になるだろうが、ベスの魔術なら三十分もかからない。

「内側は、皆さんでお願いしますね」

「はい！」

もちろん、窓の内側もベスだけでピカピカに磨き上げられる。けれど、それではメイド達の仕事を奪うことになってしまう。

伯爵家にいた頃のように、ベスの仕事は家事というわけでもないので、使用人にお任せした方がいいところはお任せだ。

ニコラスが生活魔術を見たがるので、彼のためにやっているところもある。

「つぎは？　つぎは？」

「そうねぇ……何をしましょう？」

わくわくとした様子で、ニコラスが次をせがむ。顎に手をあてがい、ベスは思案の表情になった。

考えながらピカピカになった窓を見ていたら、自室の窓からこちらを見ているカトリーナとばっちり目が合った。ベスと目が合ったのを確認した瞬間、金色の頭はしゅっと隠れてしまう。

カトリーナとまともに会話ができるのは、まだまだ先になりそうだ。

（今日は雨も降りそうにないし……）

天気がもつのなら、カーペットを叩いてしまおうか。あれはなかなかの重労働。

ベスの生活魔術があれば、カーペットを外に持ち出すのも簡単だ。

「よし、カーペットを叩きましょう！」

ベスの声に、ニコラスが歓声をあげる。少なくとも、ニコラスには受け入れられている。しばらくの間は、これで充分だ。

毎日のようにニコラスに生活魔術を見せていたら、次第にザカリーもベスに興味を示すようになってきた。

庭に出て、シャボン玉を飛ばす。

「きれーね！　もっと！」

「それ、洗濯魔術でしょう？」

ニコラスは手をぱちぱちと叩いて喜び、その隣でザカリーはベスの魔術を観察している。

「本当はね、お洗濯に使う魔術ですよ。でもね、魔術はとても自由なの。どう使うかは、自分で決めたらいいんです」

魔術書を授かるのは、五歳になった年に受ける祝福の儀。それ以前は、魔術は使えない。

ザカリーは、次に祝福の儀が行われる時に参加予定だ。自分がどんな魔術を授かるのかが気になって、ベスの魔術を観察しているらしい。

洗剤液を作ったのは、シャボン玉を飛ばすためではない。ニコラスがおねしょしてしまったので、これからシーツを洗うのだ。

生活魔術を使うところをニコラスが見たがったので、今日は他のシーツもベスが洗うことにした。

「ぐるぐるしてる！　これ、きれいになる？」

「なりますよ。お任せあれ！」

洗剤液にシーツをつけてぐるぐる回しながら全体を揉み洗い。染み抜きの必要な箇所はないから、こうやって全体を洗えばいい。

「姉様も生活魔術だよ」

不意に、ザカリーが口にする。

「……そうなんですか？」

カトリーナは、生活魔術を授かっていたのか。

まだ、本格的に魔術の勉強を始めるのは先のことだし、カトリーナとベスの間には距離がある。

本人が教えてくれないのならこちらから問いただすのもよくないだろうと、こちらから問いかけることはしなかった。

「そう、生活魔術なんだ。だから、姉様は魔術は使わないんだよ」

「……そうですか」

同じ生活魔術なら、ベスに興味を持ってもらえないだろうか。なんて、ちょっと図々しかったか。

魔術を使ってロープを張る。濯いでぎゅぎゅっと絞ったシーツを、そのロープにひっかけていたら、急にカトリーナの声がした。

「生活魔術なんて、なんの役にも立たないもの」

今日の彼女は、さわやかなエメラルドグリーンのドレスを着て、下ろした髪には、レースのリボンをつけている。貴族令嬢らしい装いだ。

「カトリーナさんには必要ないかもしれませんね」

貴族令嬢のくせに生活魔術を重宝しているベスの方が異端なのだ。

「なんの役にも、立たないわ」

エナメルの靴の先で地面をひっかきながら、カトリーナはそう付け足した。

（授かった魔術に不満があるのかもしれないわね）

この国では、母国ほど生活魔術に対する偏見があるわけではないのは知っている。けれど、攻撃に使えるような魔術の方がこの国でも重宝されているのかもしれない。

生家でのベスの扱いが悪くなったのは、貴族らしからぬ生活魔術を授かったからである。

対照的に、アンジェリカは風魔術を授かった。極めれば、魔物の討伐に大きく貢献することも可能だ。

もともと扱いが悪かったのに、さらに差をつけられたのは、アンジェリカがただ風魔術を授かったからというだけではなく、その授かった魔術を大いに活用する魔力にも恵まれていたからだ。

「そんなことないですよ。生活魔術でだって……えーい！　お洗濯……じゃなくて、シャボン玉！」

まだ側に置かれていた洗剤液の入った桶の中身を泡立たせる。たちまち空中にたくさんのシャボン玉が浮き上がった。

「ママ、もっと！　もっと、ちて！」

「いいですよー、ニコラスさんが欲しいだけシャボン玉を作りますね！」

ニコラスははしゃいで飛び上がり、ザカリーもシャボン玉を追いかけて走り回る。それを見て、カトリーナは頬を膨らませた。

この際なので、ザカリーとニコラスの周囲も、水でぐるぐると囲んでみる。中で男の子達は飛んだり跳ねたり忙しい。

「な、何よ、そんなのなんの役にも立たないわよ！」

「本当にそう思われます？」

ますますシャボン玉は数を増やしていって、カトリーナの周囲を取り巻く。ついでに、濯ぎの水も渦を巻いてカトリーナの周囲をぐるぐると回り始めた。

「何よ、これ！　私を脅すつもり？」

「いいえ、生活魔術だって極めたらいろんな使い方があるんですよ。そのことだけは、覚えておいてくださいな」

「ねえさま、しゅごい！　キラキラ、キラキラね！」

「もっともっと！」

シャボン玉の中央にいるカトリーナはともかく、ザカリーもニコラスも大はしゃぎである。

飛び跳ねたり、シャボン玉を追いかけてぐるぐるとカトリーナの周囲を走ったり。

ベスが魔力を操作して、濯ぎの水と洗剤液はそれぞれの桶に戻る。渦を巻いていた中心にいたカトリーナの身体には、まったく濡れた形跡はない。

「あなたの魔術、おかしいんじゃないの？」

「ですから、これはお洗濯の魔術の応用です。カトリーナさんが、本格的に魔術の勉強をするようになったら、きっと家庭教師の先生が教えてくれますよ」

それでもまだ、カトリーナは納得いっていない様子だった。けれど、それ以上は何も言わずに、くるりと向きを変える。

「私、お部屋に戻るわ。読みたい本があるの」

「昼食の時間には、遅れないようにしてくださいね」

「遅れたら、ルーシーを迎えによこして」

やはり、ベスの側にいるのは不愉快なようだ。

だが、以前と変わったことがある。以前なら、ザカリーに「ついてきなさい」と言っていただろう。今は、自分ひとりで部屋に戻っている。

ベスとザカリーが仲良くなるのまでは、拒むつもりはないということだろうか。少しだけ、カトリーナとの距離が縮んだと思ったけれど、断言するにはまだ早い。

＊　＊　＊

窓の外から、子供達の笑い声が聞こえる。仕事の手を止めたヴィンセントは、外に目を向けた。

ベスの手には魔術書。そして、ベスの周囲で、ザカリーとニコラスが走り回っている。よく見てみたら、ふたりの前を、白いリボンがひらひらとしていた。今朝、ベスの髪に結ばれていたものだ。

ベスが手を動かすのに合わせて、リボンもひらひらと揺れる。ザカリーがリボンの端を捕まえそうになると、ひょいと高いところに飛び上がった。

「何をやっているんだ、あれは……」

思わずつぶやくと、ちょうど確認の終わった書類を束ねていたエヴァンが笑顔になる。

「ベス様、すごいですよねぇ……」

「すごい？」

ベスにお願いしたのは、子供達を正式に養子にするために書類上の妻になること。それから、子供達の乳母や世話係のような役目。

カトリーナには、貴族令嬢のマナーの基礎も教えてもらおうと思っていたが、どうもカトリーナとは相性が悪そうだ。

近いうちに、マナー講師も探さなくてはと、頭の隅に記録しておく。

「いやー、生活魔術があんなにも使い勝手のいいものだって、俺知らなかったですよ！」

「ベスの生活魔術？」

エヴァンは、しみじみと感想を述べたが、ヴィンセントは首を傾げた。

たしかに、ベスの生活魔術はすごいが、洗剤液を利用してシャボン玉を作る等、ちょっと使い方が目新しいだけではないだろうか。

「本当にすごいんですよ。屋敷中の窓はピカピカにするし！　カーペットもバンバン外に持ち出してドンドンはたくし！　ベス様ひとりで、何人分の働きをしていることか」

「それでは、メイドの仕事がなくなるのでは？」

「それが、そこもきちんと気を遣っているんですよねぇ」

子供達の相手をしながらベスは、生活魔術で家事を手伝っているが、あくまでもメイドの仕事を奪いすぎない範囲にとどめているという。

メイドでは手が届きにくい場所はベスが、それ以外の場所はメイド達にお任せ、というようにして、その分、それぞれの持ち場に気を配ってもらっているらしい。

「執事も銀器を磨くのを手伝ってもらって助かったみたいですし」

家中の銀器をピカピカに磨き上げるのもまた、かなりの重労働である。頑張っても、手が回りきらないことがあるのも承知していた。

そういった「人力でやるには少し大変」だったり、「手が回らなくあとになりがち」なところを、ベスが補っているのだという。

たしかに、近頃、屋敷が以前よりも綺麗になった気はしていたのだ。気のせいで片づけていたが、目立たない範囲でベスの手が入っていたらしい。

それにしても、いったいメイド何人分の働きをしているのだろう。

（……貴族令嬢にしては、おかしい）

ベスの本当の身分について、ヴィンセントは知っている。

王宮の夜会でちらりと見かけたのが最初。その時、オルディス伯爵家の長女なのだと教えてもらった。

子供達の相手をどうすればいいのか、子供を保護している施設に教わりに行った時にも見かけた。

公爵が、子供の扱いを教わったなんて噂になるのは好ましくないと家令に諭され、公務で国外に出たのを幸い隣国の施設を訪問した。

そこで見かけたベスは、慣れた様子で子供達の相手をしながら、繕い物を手伝っていた。空中を針と糸が飛び交う様には驚かされた。

ベスの身分について、こちらからあえて問うことはしない。必要だと思えば、ベスの方から話をしてくれるだろう。

「……それに、屋敷が明るくなりましたよね」

「それは、俺もそう思う」

子供達が来たばかりの頃は、屋敷の空気は重苦しいものだった。

ヴィンセントも、どのように子供達の相手をすればいいのかわからなかったし、一度に両親を失った子供達の心の傷も大きく、今のように笑うことなんてなかった。

ベスが来てからは、子供達の笑い声がこうやって響くことが増えた気がする。

カトリーナも、ベスには突っかかることも多いが、少なくとも以前よりは笑みを見せることも増えた。

このまま、子供達が健やかに育ってくれればいい。

「そうだ。ひとつ気になることがあるんですが」

「どうした？」

「近頃、子供の誘拐事件が増えているんですよ」

「その話は、俺も聞いている」

王都で、子供が行方不明になる事件が相次いでいるという話は、ヴィンセントも聞いていた。

子供達が誘拐されているのは、主に裏路地。貧しい者が暮らしている地域だ。

「ひとりで外に出ないようにと、改めて子供達には言っておこう」

「そうですね。まあ、お子様達が、勝手に外に出ることはないでしょうが」

貴族の子供が、ひとりで外に出るのはありえない。基本的に、買い物は屋敷に商人が持ってくるし、どうしても店に行きたい時にはエヴァンかルーシー、そうでなければヴィンセント自身と護衛がつく。

それにしても、ベスが来てくれて本当によかった。子供達とどう接すればいいのか、彼女をお手本にしていればヴィンセントもなんとかやっていけるような気がする。

＊＊＊

季節は、真夏を迎えようとしていた。

日差しはぎらぎらとしていて、立っているだけでもじわりと汗が滲むような陽気だ。

公爵家の庭には、水遊び用の池がある。子供達の膝のあたりまでしか深さがなく、壁面と底にはタイルが敷き詰められている。

端には噴水があり、そこから流れ込んだ水は、水路を伝って公爵家の敷地内を走っている小さな川へと抜けていく。これで、いつでも清潔な水で遊べるというわけだ。

（ヴィンセント様や、ヴィンセント様のお姉様も、ここで水遊びをしたのでしょうね）

さすがにこの暑さに耐えかねたのか、カトリーナも弟達と一緒に水遊びをしていた。今日は、家庭教師はお休みで、朝からカトリーナも自由時間なのだ。

子供達はきゃっきゃと水を跳ね上げて遊び、側に付き添っているベスは、水をぐるぐると宙に渦を巻かせ、子供達の頭上から雨のように降らせていた。

洗濯をするにしても、掃除をするにしても水は必須。水魔術の使い手のように、自分の魔力を水に変換して行使はできないが、水さえあれば、ベスにもこのぐらいはできるのだ。

「姉様、虹！　虹が出てる！」

降り注ぐ水が、七色の虹を浮かび上がらせている。きらきらと輝いている虹にカトリーナの目も吸い寄せられた。

「本当ね、虹だわ！」

珍しく、ベスの魔術で、カトリーナがはしゃいだ声をあげている。その様子を見ていたら、ベスも少しだけほっとしてしまった。

だが、はっとした様子で、カトリーナはこちらに目を向けた。ベスがにこにことしているのを見ると、すぐさま視線をそらす。いささか気まずいらしい。

「ママ、もっと！　あめ、ちて！」

「はーい、いきますよ！」

ニコラスの要望に応じて、ベスは水を雨のように降らせてやる。ニコラスは手を上げてぐるぐると回った。幼子特有の高い笑い声が響く。

「ニコ、そんなにはしゃいだら転んでしまうわ！」

カトリーナが、足を滑らせそうになったニコラスの手を掴む。背中には、ベスの手が当てられていた。

その手に気づいてはっとしたカトリーナは、パッと手を離してしまう。

ザカリーは、その間もひとり、端の方で顔を水につける練習だ。

「むむ……」

水に顔を近づけては睨んでいるが、そこから先はなかなか難しいらしい。水面まで顔を近づけ、ぱっと顔を上げるのを繰り返している。

「ザカリーさん、手を握っていましょうか？」

ちらちらとニコラスの方に目をやりながら、ザカリーに声をかける。

「いらない」

ベスに声をかけられたザカリーは、バシャバシャと水を跳ね上げながら、カトリーナの方に走っていった。

「姉様！」

その後ろ姿を見送って、ベスは小さく息を吐く。カトリーナの前では、ベスと口をきくのは気が進まないようだ。頭のいい子だから、カトリーナにもベスにも気を遣っているのだろう。

気を遣いすぎてつぶれてしまわないよう、ザカリーにも目を配らなければ。

「そろそろ、昼食のお時間です」

時計を見ていたルーシーが声をかけてくれる。午前中から水遊びをしていて、子供達はきっとお腹がペコペコに違いない。

「水から上がったら、綺麗にして食堂に行きましょうね」

「はーい！」

「あい！」

ベスの言葉に、ザカリーとニコラスは元気に返事をしてくれる。カトリーナは何も言わなかったけれど、おとなしく水遊び場から上がってきた。

「お昼寝したら、また水遊びしていい？」

よほど楽しかったのか、ザカリーの頬は上気している。

「お昼寝のあと、どのぐらい元気になったかで決めましょう。水遊びは、体力を使いますからね」

「わかった」

子供の体力は尽きないけれど、無理をさせるのもきっとよくない。ベスの言葉にうなずいた男の子達は、昼食後はいそいそと寝室に入っていった。

子供達が昼寝をしている間、ベスは屋敷の中で公爵夫人としての仕事をしている。

(手紙を出す相手がそう多くないのはいいことよね)

ベスが手紙を書いているのは、子供達の祖父母にあたるケンドリック侯爵夫妻だ。

子供達のことを気にかけているだろうと、三日に一度、子供達がどう過ごしているのかをしたためている。

これがもし、公爵夫人としての仕事を任されていて、茶会だの晩餐会だのを主催しないといけなくなったら大忙しで、侯爵夫妻への手紙はもう少し頻度を落としていただろう。

「ベス様、次はこちらをお願いできますか」

ルーシーが持ってきたのは、公爵家で必要な日用品の購入記録である。

ベスのために新しく仕立てられたドレス達や、宝飾品の購入費、公爵家全体の財政も合わせて確認してしまう。

「使用人達には、臨時でお手当を出しましょうか。この一年の間、皆大変だったでしょう」

「……ええ、大変といえば大変でした」

先代の公爵が亡くなり、代替わりしたと思ったら、今度は子供達を引き取ることになった。

それだけではなく、ベスという公爵夫人もいきなり迎え、屋敷内は大きく変化した。

今のところ、使用人達はベスに大きな不満を抱えている様子は見せないけれど、大変だった分、臨時の手当を出してあげるのも悪くはない。

「ヴィンセント様に報告しておくわね、それから……」

ザカリーの成長が著しく、そろそろ新しい服を仕立てた方がよさそうだ。

ついでだから、カトリーナにも秋用のドレスを注文しよう。ニコラスの分は、ザカリーのお下がりで当分大丈夫だろうか。

着用できないほど傷んでいるわけではないが、貴族が身に着けるにはくたびれているものは、使用人の子供達に譲る。このあたりの調整も、ベスに任せてもらっている。

「シーツはもう少し買い足した方がよさそうね。それから、タオルと……」

出入りの商人に注文する品を取りまとめる。思っていたよりも、時間がたつのは早かった。

ルーシーはベスの側で手伝ってくれている。

ベスが取りまとめたら、一応ヴィンセントに確認してもらってから発注だ。

「もう子供達を起こした方がいいかしら」

おやつを食べてから、また水遊びをするかどうか相談しよう。

書類を片づけたベスが立ち上がったところで、血相を変えたカトリーナが飛び込んできた。いつも幼いながらも貴族令嬢としての立ち居振る舞いを忘れない彼女には珍しい。

扉をノックすることもなく、力任せに開いたかと思えば、口を開いた。

「ザカリーとニコがお部屋にいないの！」

「……え？」

ベスもルーシーも、顔色を変えた。子供達は邸内を自由に行き来しているが、大人の目がある時に限られている。

「申し訳ございません！」

カトリーナのあとから飛び込んできたのは、子守をお願いしていたメイドだ。まだ、若く、公爵家で働き始めてからも日は浅い。

ベスが公爵夫人としての仕事をする時は、子供達の様子は見られない。

だから、昼寝の間は起きたら教えてくれるようにとメイドにお願いして、ベス用に用意してもらった仕事部屋に引きこもっている。

「あの、私、その……おしゃべりしていて」

どうやら、若いメイド同士、おしゃべりに夢中で、ザカリーとニコラスが出て行ってしまうのを見逃したようだ。

「勝手なことはしないと思うけれど、一応水遊び場を見てきてください。それから、あなたはヴィンセント様に連絡して」

飛び込んできたメイドに、水遊びの場所を確認に行ってもらう。勝手なことはしないと思うが、午前中水から上がるのを残念がっていたのは覚えている。

それから、もうひとりにはヴィンセントを呼びに行ってもらう。屋敷は広い。手分けして捜さなければ。

「どうしよう……私が、一緒に寝ればよかった」

カトリーナは、目を潤ませた。弟達がいなくなったのに責任を感じているようだ。

子供達三人は、それぞれ個室を与えられているが、今日は、ニコラスはザカリーと一緒に寝ていたらしい。

普段は弟達が昼寝をしている時間には部屋で静かにしているカトリーナも、今日は午前中の水遊びで体力を使っていたからか、ぐっすり眠っていたようだ。

「大丈夫。すぐに見つかる……いえ、見つけるから。カトリーナさんは、何も悪くありません」

膝をつき、カトリーナと目の高さを合わせてそう言ってやる。涙をこらえているかのように、

カトリーナはしきりに瞬きを繰り返していた。

唇が震えているのは、不安を隠しきれないから。

「大丈夫！　生活魔術は最強だって言いましたよね！」

あえて明るい声を作って、カトリーナに言い聞かせる。本当に？　とでも言いたいように、

カトリーナはベスを見つめていた。

実際のところ、生活魔術に迷子を見つけるようなものはない。

「大丈夫、私に任せてくださいな。お屋敷の中も、徹底的に捜しましょう」

公爵の屋敷は広い。水遊びの場所にいないのならば、屋敷の中にいる可能性が高い。

ならば、問題はどこから捜し始めるか、だ。

「ベス、ザカリーとニコラスがいなくなったって？」

駆けつけてきたヴィンセントもまた、心配そうな顔をしていた。

（ほら、ちゃんと子供達のことは気にかけているんだわ）

自分のことのようにそれが嬉しい。ベスはうなずいた。

「手分けして捜しましょう。私は、一階を見て回ります。ヴィンセント様は二階を、エヴァンさんは五階の使用人部屋を、それからあなたは――」

集まってきた人達にてきぱきと指示を出す。ベスが指示を出すのは正解ではないかもしれないけれど、皆、従ってくれた。

子供達の部屋は二階にあるから、そこはヴィンセントに。使用人達の部屋は、エヴァンとルーシー、それから他の使用人にお願いする。

「私は？　私も捜すわ！」

カトリーナがベスの手を掴んだ。

「カトリーナさんは、ザカリーさんのお部屋にいてください。戻ってくるかもしれません」

カトリーナまでいなくなっては困ってしまう。でも、と口を開きかけたカトリーナだったけれど、すぐにうなずいた。

「そうね。誰かが待っていないといけないもの」

ぱたぱたと走り去るカトリーナを見送り、ベスが真っ先に向かったのは、厨房だった。

料理人が、早くも夕食の仕込みを始めている。もしかして、こっそりおやつをもらいにここに立ち寄ったのではないかと思ったのだ。

けれど、子供達はここには来ていないらしい。

ついでなので、洗濯室も見てみる。つい先ほどまで、メイドがアイロンをかけていたので、洗濯室は外の気温以上にむっとしていた。

（……そう言えば、ザカリーさんが気に入っている部屋があったわね）

一階の奥、図書室の隣。今は使っておらず、ただ、テーブルと椅子だけが置かれている部屋だ。先代の公爵夫人が病んでいた頃、そこを病室としていたらしい。

大きな窓から庭園を眺められるのが、季節の移り変わりを感じられるようで居心地がいい、ということだったようだ。

使われてはいないけれど、毎日のようにきちんと掃除はされているし、埃だらけということもない。

図書室には、子供用の絵本なども置かれていて、ザカリーは、図書室から持ち出した本を、その部屋で読むのが気に入っていた。

（……そうよ、なんで、最初にあの部屋を確認しなかったのかしら）

足早に、その部屋へと向かう。部屋に近づいていくと、かすかに泣き声が聞こえてきた気がした。足を速めてそちらに向かう。

「わーん！」

「開かない！　出して！　勝手にお部屋から出てごめんなさい！　ここから出して！」

泣いているのはニコラス、扉の向こう側から懸命に声をあげているのはザカリーだ。バンバンと扉を叩く音もする。

「ザカリーさん！　ニコラスさん！　大丈夫、助けに来たわ！」

ドアノブに手をかけて、開こうとするが開かない。どうやら、鍵がかかってしまったようだ。

（本当は、あまりよくないんだけど……）

実は、簡単なものなら鍵開けもできる。アンジェリカに意地悪をされて、衣裳部屋などに閉じ込められることもあったのだ。

「生活魔術……錠前解除」

魔術書を呼び出し、そっと、扉の隙間から魔力を忍び込ませる。カチリ、と音がして、扉が開いた。

「ママ！」

「ママ！」

最初にニコラスが飛び込んできたかと思うと、ザカリーも抱きついてくる。ふたりをしっかりと抱きとめ、ベスは小さく息を吐いた。

ふたりとも、閉じ込められたと思って泣いていただけで、身体に異常はなさそうだ。

「見つかりました！　すぐに、ヴィンセント様にお知らせして！」

　ベスが大きな声をあげると、一階を捜す手伝いをしていた使用人達がバタバタと階段を駆け上がっていく。

「ザカリー！　ニコ！」

　最初に転がるようにしてやってきたのは、カトリーナだった。涙でべしょべしょになっている弟達の顔を見て、彼女もまたぼろぼろと泣き始める。

「どうして、勝手にお部屋から出たの！」

「ごめんなさい、姉様」

　きつい口調で言われ、ザカリーは良心の呵責《かしゃく》を覚えた様子だった。カトリーナの前でうなだれる。

「心配したんだから！　あなた達までどっかに行っちゃうんじゃないかって……」

「ごめん、なしゃい」

　ニコラスも、姉のいつもとはまったく違う様子に、驚いたようだ。悪いことをした自覚はあるらしい。

　カトリーナのスカートを掴み、そこに顔を埋めている。抱きついてきた弟達を、カトリーナはしっかりと抱きしめていた。

「……よく見つけてくれた」

「ザカリーさんは、この部屋が気に入ってるんです」

先代の公爵夫人は、子供達からしたら祖母にあたる。会ったことはないけれど、彼女が過ごした部屋だと思うと、居心地よく感じられたのだろうか。

「俺は知らなかった。気づいたのはベスだけみたいだな」

「たまたまですよ、そういうこともあります」

思っていたよりも早く目が覚めたザカリーは、メイドに起きたと告げようとした。けれど、彼女は廊下で同僚と熱心に話し込んでいる。

声をかけるのはかわいそうだと思っていたら、ニコラスも目を覚ました。

そのまま声をかけずに、ふたりで図書室に行くことにしたそうだ。

ザカリーは、ある程度時計を読める。完全には読めないけれど、三度の食事の時間と、おやつの時間はしっかり覚えていた。おやつの時間まで、隣の部屋で本を読もうとしていたら、閉じ込められたらしい。

「お外に出なかったら、大丈夫だと思ったの。勝手にお部屋を出て、ごめんなさい」

「……ごめんなさい」

ザカリーがしゅんとし、その横でニコラスもうなだれている。

「次は同じ失敗をしなければ大丈夫。お屋敷の中だったら、メイドに声をかけなくてもいいと思ってしまいますよね」

ベスは、ザカリーを抱きしめて慰めた。

扉の鍵は、どうやら調子が悪くなっていて、自然にかかってしまったようだ。

メイドに言わず、勝手に出てきてしまったので、罰として閉じ込められたと勘違いしたらしい。

「……勝手なことをするからよ。でも、無事でよかった」

真っ赤な目で、カトリーナが言う。

「少し遅くなってしまったけれど、おやつにしましょうか。それから、そのあとは何をして遊ぶか考えないと。水遊びをするには涼しくなってきましたからね」

子供達の意識を変えるように、ベスは明るく言い放った。それから、ヴィンセントにも声をかける。

「ヴィンセント様も、一緒にお茶を飲みませんか？」

「そうだな、そうしようか。たまには、子供達と過ごすのも悪くない」

ヴィンセントが、そう言ってくれたことにほっとする。ティールームにおやつを用意してもらおうと、ルーシーに頼んでいたら、弟達をエヴァンに託したカトリーナがするすると近づいてきた。

「本当に、ザカリーはあの部屋が好きなの？」

「はい。ザカリーさんは、あの部屋で絵本を読むのが好きなんです。もっと早く思い出せたらよかったのですが」

そうしたら、ふたりが不安になることもなかっただろうに。

「ふーん」

その時は興味なさそうに鼻を鳴らしただけだったけれど、カトリーナの表情が少しだけ柔らかくなったような気がした。

# 第四章　冷遇されていた令嬢は、お嬢様を追いかける

カトリーナとベスの関係は、少し、ほんの少しだけ変化した。

朝食の席で「おはようございます」と挨拶をすれば、「おはようございます」と返ってくる程度には。

もしかしたら、それだけでも大きな変化かもしれない。あいかわらず、ベスには厳しい目を向けることも多いけれど。

「明後日、ケンドリック侯爵夫妻が到着する」

と、ヴィンセントがベスと子供達に告げたのは、ザカリーとニコラスが閉じ込められた翌々日のことだった。

ちょうど揃って夕食を食べていたところで、祖父母の名を聞いたカトリーナは目を輝かせた。

「おじい様、領地を離れられるようになったの？」

「ああ。侯爵のご病気も、短い旅ならば耐えられるところまで回復したそうだ。しばらく、君達とのんびり過ごしたいらしい。好きなだけ滞在してくださいとお返事したよ」

子供達に向けるヴィンセントの目は優しいもの。

屋敷に祖父母が滞在すると聞いて、ザカリーも顔を明るくする。

「ニコ、じーじとばーばよ」

「じーじとばーば！」

祖父母と聞いてもいまいちよくわかっていなかったみたいだけれど、カトリーナの言葉で久しぶりに祖父母に会えると理解したらしい。ニコラスは手をぱちぱちと打ち合わせた。

「でしたら、お迎えの支度をしないといけませんね」

「執事に命じてあるが、ベスも支度に気を配ってもらえるとありがたい」

頭の中で、ベスは目まぐるしく明日の計画を変更する。

もちろん、公爵家の家事は完璧だ。だが、大切な客人を迎えるのなら、さらに完璧にするに越したことはない。

客室の掃除は、ベスが魔術を行使すればすぐに終わる。寝具の洗濯もそうだ。使用人達の手が回らないようなら、ベスの魔術をどれだけ使ってもらってもいいと伝えておこう。

執事がちゃんと手配しているだろうが、厨房にメニューを確認し、下ごしらえにベスの魔術が使えると申し出るのもいいかもしれない。

侯爵夫妻が子供達と過ごす間、ベスは目立たないようにしなければ。

もちろん挨拶はするが、それを終えたらふたりが滞在している間は、部屋で書類仕事でもした方がいいかもしれない。

たぶん、その考えはヴィンセントに見抜かれていた。

「ベス、侯爵夫妻は君にも会いに来るんだよ」

「私にですか？　まさか、私が子供達を苛めていると思われた……？」

侯爵夫妻がベスに会いたがるなんて、他に心当たりはない。子供達を苛めているなんて許されないと言われたらどうしよう。ベスは真っ青になった。

「それはない」

ベスの不安を、ヴィンセントは一蹴した。

こちらの国に来てからは誰も気にしていないようだが、母国ではベスの髪の色も顔立ちも、性格の悪さを露呈していると言われていた。

侯爵夫妻にもそう思われてしまったら、どうしよう。子供達は、ベスと一緒にいない方がいいと思われてしまったら。

「……でも、どうしましょう」

急にうろたえだしたベスの様子に、ヴィンセントはくすりと笑う。そんな、笑いごとではないのに。

「君が、しばしば子供達の様子を知らせてくれているから、意地悪だとは思っていないだろう」

「それなら、いいのですが」

ベスの視界の隅で、カトリーナがしかめっ面になった。

少しだけ彼女との距離は近づいたけれど、侯爵夫妻の滞在中にまた何かあるかもしれない。

改めて、気を引き締めておかなければと思った。

屋敷の中は使用人達総出でピカピカに磨き上げた。お客様の宿泊する部屋の準備も万全だ。

（これでいいわね）

最後の仕上げに客間を確認したベスは、うんと大きくうなずいた。

掃除は完璧。カーペットもカーテンも洗濯した。寝具は真新しいものに取り替えてあるし、窓際には季節の花が飾られている。

「ベス様、そろそろ侯爵夫妻が到着するお時間です」

「すぐに行くわ！」

ルーシーが、ベスを呼びに来てくれた。

服装に乱れはないかを確認して、一階にある居間に降りる。子供達の様子を見たら、カトリーナは、ピンクのドレスを着てすまし顔。

ザカリーも、きちんと上着を身に着けているけれど、まだ真夏だから、少々暑そうだ。

「居間をもう少し涼しくした方がいいかしら」

「温度を下げましょう」

室内の気温は、魔物から取れる魔石を使った空調器具でちょうどいい温度を保てるように工夫されている。

だが、今日は外の気温がいつも以上に高いからか、ザカリーには少し暑いようだ。

ベスの言葉に応じて、ルーシーがすぐに室温を下げてくれる。

ニコラスは、祖父母が来るというのをわかっているのかいないのか、ベスが作ってやった猫の人形を大事そうに抱えている。くたくたになった使い古しのシーツを染め直して作ったもので、手触りはものすごくいい。

「ニコ、その人形は部屋に置いてきたら？」

「や、なの！」

カトリーナは弟がくたくたの人形を手にしたまま祖父母の前に出るのが気になるらしい。取り上げるほどではないが、片づけた方がいいと思っているようだ。

「かたづけない！　これニコの！」

「……だって、ご挨拶するのに邪魔でしょう？」

カトリーナの言葉に、ニコラスはしばし、考え込んだ。それから、とてとてとベスのいるところまで来る。

「もっててくれる？」

「いいですよ。ご挨拶の時は、私が預かりましょう」

ベスがそう返事をすると、ニコラスはうんとうなずいた。満足したらしい。

カトリーナは渋い顔になったけれど、これ以上ニコラスに言っても無駄だと思ったのだろう。

彼女の視線はニコラスを通り越してヴィンセントに向かったけれど、彼は、わずかに首を横に振った。

それで諦めたカトリーナは、ソファにまっすぐ背筋を伸ばして座る。真正面を強く見据える目は、ベスとは会話しないと主張しているみたいだった。

エヴァンが室内に入ってきて、ヴィンセントに耳打ちする。それを聞いたヴィンセントは、子供達に立ち上がるよううながした。

「そろそろのようだ。よし、外に出よう」

ヴィンセントに続いてカトリーナが部屋を出る。

そのあとをちょこちょことザカリーが追いかけ、最後に人形を抱えたままのニコラスが、ベスと手を繋いで居間を出る。

廊下ではルーシーが待っていて、ベスの背後についた。

一同が外に出た時には、すでに使用人達はずらりと並んでいた。

ケンドリック侯爵夫妻は、この屋敷で暮らしている人達にとっては特別な客人だ。使用人達の間にも、緊張の色が漂っている。

やがて、門をくぐってやってきたのは侯爵家の紋章をつけた馬車だった。護衛が前後を固めている。

ゆっくりと停車した馬車の扉が開き、中からぎこちない様子で出てきたのは、六十代半ばに見える男性だった。彼が、ケンドリック侯爵なのだろう。

それから、続いて出てきたのは、彼より少し年下と思われる女性。仕立てのいい灰色のドレスをまとっている。夫に不安そうな目を向けたけれど、すぐに子供達を見て表情を明るくした。

ふたりとも髪は白く、顔には皺がある。だが、重ねてきた年月が幸福なものであったことを示すように、彼らの表情は晴れやかなものだった。

「まあ、ニコラス。おばあ様を覚えているかしら？」

久しぶりに祖父母に会って照れたらしいニコラスは、ベスのスカートの陰に引っ込んでしまった。形が変わってしまうぐらいに強く人形を抱きしめている。

「こら、ヴィンセントへの挨拶が先だろう。ヴィンセント、我々の申し出を受け入れてくれて感謝するよ」

「いいえ、子供達も会いたがっていましたから。それと、こちらがベス。公爵家に嫁いでくれた女性です」

ヴィンセントが身振りでベスを示したので、ベスは慌てて目上の人に対する貴族の礼を取る。

侯爵は小さくうなずき、侯爵夫人はベスに向かって微笑みかける。

「子供達の様子を、毎日のように知らせてくれてありがとう。おかげで、私も夫もあまり心配しないですんだわ」

「そんなこと……私の力不足で、お伝えできていないことはたくさんあると思います。ニコラスさん、ご挨拶はできるかしら？」

スカートに掴まりっぱなしだったニコラスに優しく声をかけると、ようやく顔を出した。人形を預かろうとベスは手を差し出すが、それにはかまわず侯爵夫人に人形を見せる。

「ニコ、それから、ねこしゃん」

「ニコラス、大きくなったわね……それと」

くたくたの人形を差し出された侯爵夫人は、一瞬どう対応したらいいのか困った様子だった。だが、人形の前足を取り、優しい声を出す。

「ニコラスのおばあ様ですよ。よろしくお願いしますね」

人形にも挨拶をした彼女は、次にカトリーナに目を向ける。

「カトリーナも、しばらく見ない間にとても大きくなったわね。弟達を守ってくれてありがとう」

「おばあ様！」

今までずっと気を張っていたのだろうか。心の糸がぷつんと切れる音が聞こえたような気がした。

侯爵夫人の胸に飛び込んだカトリーナは、そのまま顔を押し付けて動かなくなってしまった。周囲の使用人達の間から、抑えながらもすすり泣く声が聞こえてくる。

「ザカリー、おじい様のことを覚えているかな？」

「うん。おじい様、お髭《ひげ》は？」

「髭かあ……病気した時に、手入れが面倒になってな。剃ることにしたんだ」

祖父と孫の会話を聞いていると、以前の侯爵は髭を蓄えていたようだ。今は髭は綺麗に剃られている。

「そうか。ええと、おじい様……僕、おじい様の家に行くの？」

「それは考えていないよ。ザカリーがいたいところにいるのが一番だ」

祖父の言葉に、ザカリーはほっとした顔になった。

「ここは暑いですから、中に行きましょう。居間は涼しくしてありますから」

ヴィンセントはそっとザカリーの肩に手を置き、皆を中へと誘う。

「そうね、年を取ると暑さがこたえるわ」

そうは言ったものの、侯爵夫人は、汗なんてまったくかいていないように見える。

居間に場所を移すと、ベスと結婚してからの生活が話題になった。

ふたりの出会いから、子供達との関係。そして、先日、ザカリーとニコラスが行方不明になった時のこと。

「まあ、あなた。生活魔術の使い手なの？」

「ええ。母国のクラディウス王国ではなかなか受け入れてもらえなくて、それでこちらの国で働こうと思ったんです」

受け入れてもらえなかったのは、国ではなくてベスの家族なのだが、これぐらいはいいだろう。それに、国境を越えたところで働こうと思ったのは嘘ではない。

「それが、こうやって子供達と出会ったのだから、運命ってわからないものね」

穏やかに微笑む侯爵夫人は、ベスを受け入れてくれるようだ。彼女のその微笑みに、心のどこかでほっとしていた。

「しばらくの間、よろしく頼む」

「お任せくださいませ。子供達もおふたりと過ごす時間を楽しみにしておりました」

侯爵はベスに微笑みかけ、ベスは胸に手を当てる。

侯爵夫妻がどのぐらいの期間滞在するつもりなのかはわからない。けれど、滞在期間はできる限り楽しんでもらいたいと思った。

＊　＊　＊

ため息をついて、カトリーナは転がっていた石を蹴る。皆は居間にいるけれど、ひとり庭園に出てきてしまった。

（おじい様も、おばあ様もすっかり信頼してるんだから……！）

祖父母が屋敷に滞在するようになって五日。

最初から、祖父母は、ベスが気に入ったようだった。ベスとの会話は、にこやかなもの。ベスの側には常にザカリーとニコラスがいる。大好きな祖父母がいるのに、カトリーナひとり、その輪には入っていけないような気がしていた。

（私のお手紙、おじい様とおばあ様も読んでくださっていたはずだけど……）

カトリーナは、もう上手に手紙を書ける。

両親が亡くなって悲しかった時も、公爵家に引き取られて落ち着かなかった時も、祖父母に手紙を書けば、愛情のこもった返事をくれた。

だから、ベスのことも正直に書いたのだ。ヴィンセントに近づく悪い女がいる、と。そうしたらきっと、ベスを追い出すようヴィンセントに言ってくれると思っていたのに。

（それに、あのふたりも……私の言うことぜんぜん聞かないんだもの！）

用心して近寄らないようにと弟達にも言ったのに、ニコラスはすぐに懐いてにこにこしているし、ザカリーだってカトリーナよりも彼女を選んだ。

ザカリーの裏切者。

（本当に、あの人も、今までの人と同じなのかしら？）

心の奥から、そう問いかけてくる声が聞こえるのには耳をふさぐ。

貴族の令嬢達とは違って、ベスは弟達が泥まみれになっていても、悲鳴をあげることはなかった。ザカリーにバッタを持って行かせたけれど、それも落ち着き払って庭に放していた。

ザカリーをよく見ていて、彼が先代公爵夫人の使っていた部屋を気に入っていると見抜いていたのもベスだけだ。

叔父に、たくさんの縁談が持ち込まれていたのは知っている。他の令嬢は、子供達には見向きもせずヴィンセントばかり見ていた。

ヴィンセントにも丁寧に接していても、しっかりと子供達を見てくれたのはベスだけだ。結婚した今だって、彼女が最優先するのは子供達。カトリーナだって、そのぐらいちゃんとわかっているのだ。わかってはいるけれど、素直にはなれない。

（私だけ、馬鹿みたい……）

転がっていた石を、もう一度蹴り飛ばしてみる。

ヴィンセントが悪い女性にだまされていると手紙を書いたら、すぐに祖父母は来てくれた。これでベスは追い出されると思っていたのに、いつの間にか家族からはじき出されているのはカトリーナだ。

「私のお母様はひとりだけ。お父様もひとりだけ、よ」

ヴィンセントは、『叔父様』でいいよと言ってくれている。書類上は養父と養子になるけれど、それは書類上のことだけだから、と。

ベスのことは『叔母様』でも『ベス』でも好きなように呼べばいいとベス本人が言っていたけれど、どちらも違うような気がして、『ねえ』とか『ちょっと』とか、そんな呼び方をしてしまっている。それはあまりよくないことだと、ちゃんとわかっているのに。

きょろきょろと見回すが、庭師はいない。誰も見ていない。

（そう言えば、あのお菓子屋さんのお菓子、美味しかった……）

この屋敷に来たばかりの頃、ヴィンセントが子供達を街に連れて行ってくれた。ベスが来る前のことだ。

本屋に本を買いに行き、美味しい昼食を食べて、ケーキや焼き菓子を売っている店に立ち寄って、たくさん甘い菓子を買い求めた。

このところ、自分だけ家族の輪から外れてしまっているのはもうどうしようもないけれど、美味しいお菓子があれば、なんとか輪に入れるような気がする。

（道順は覚えている。そんなに遠くなかったから、大丈夫）

屋敷の前をまっすぐに行って一本入ったところ。馬車に乗って五分程度のところだった。カトリーナの足でもそんなに時間はかからないはずだ。

（叔父様は、ひとりで外に行ってはだめだと言っていたけれど……）

以前、ヴィンセントから話をされたことがある。

このところ、子供が誘拐される事件が増えている、と。だが、それは裏路地での出来事。大通りから離れなければ大丈夫だろう、きっと。

（お店に行って帰ってくるだけだもの）

ポケットの中には、ハンカチや財布などが入っている。

屋敷の外には出ないのだから財布はいらないのではないかと思ったけれど、持ってきてちょうどよかったかもしれない。

（そうよ、すぐそこのお店まで行くだけ。危ないところには行かないわ）

カトリーナが静かに裏門から出て行くのを、誰も見ていなかった。


行きたかった菓子屋はすぐに見つけられた。

祖父母や弟達が好きなひと口パイやクッキーを選んで買う。ヴィンセントが好きなパイも買った。叔父が好きなものは、きちんと把握しているのだ。

（それから……）

ベスは何が好きなのだろうか。そこまで考えて止まってしまった。

そう言えば、ベスのことは何も知らない。

平民だと彼女は言っていたけれど、どこでどんな暮らしをしてきたのか、子供達の前で口にしようとはしなかった。

チョコレートのパイならきっと好きだ。そう決めて、ベスにはチョコレートパイを選ぶ。自分には、レモンジャム入りのパイを。

お会計をしてから、外に出た。このまままっすぐに帰ってもいいけれど、なんだか気が進まない。輪の中に交ざる勇気がないというか。

（皆、あの人のことを認めているみたい）

まだ、両親が死んだばかりだというのに、ニコラスはベスのことを『ママ』と呼んでいた。亡くなった母のことをもう忘れてしまったのだろうか。

（ザカリーの裏切者！）

ぽつりとつぶやいて、抱えた紙袋を抱きしめる。新しいお母様なんていらないのに。

たしかに、ベスは悪い人ではないのだと思う。あまりよろしくない自覚のある、カトリーナの態度にも嫌な顔ひとつしなかった。

『すまない。カトリーナにはよく言って聞かせるから』

『長い目で見守りましょう。まだ、心の整理がついていないのでしょう。私のことは、気にしないでください』

と、叔父とベスが話しているのを聞いてしまったこともある。

本当は、もう少し仲良くなりたいと思っている……でも。

（……あら？）

ここは、どこだろう。

闇雲に歩き回っていたから、どこに来てしまったのかもわからない。いつの間にか、知っている大通りから離れてしまったみたいだ。

周囲を見回してみれば、あまり人相のよくない大人もいる。

背中を冷たいものが流れ落ちた。

これはよくない。とても、よくない状況だ。

（……ええと）

困っている顔を見せてはだめだ。できる限り速やかにここを立ち去らなくては。

思いきって顔を上げ、「通りがかっただけです」という表情を作る。迷子だなんて思われたら、何があるかわからない。

ずんずんと急ぎ足に歩く。方向もわからなくなってしまったけれど、それでも立ち止まるよりはるかにましだ。

けれど、カトリーナの願いは、あっという間に踏みにじられた。背後から右腕をぐいと掴まれる。

「やめて！　離して！」

手足をバタバタとさせるが、掴まれた腕を振り解くことはできなかった。悲鳴をあげるも、誰もこちらには注意を払わない。

「身なりのいい子供だな。貴族か」

「どうする？　連れて行くか」

「当たり前だ。これは、いい商品になる」

声からすると、三人いるらしい。バタバタしているカトリーナの背後にいるようで、顔を見ることはできなかった。

「いや！　行かない！　離して！　離してってば！」

「うるさい！　じたばたするな！」

掴まれた腕を捻り上げられる。悲鳴と同時に、もう片方の手に持っていた紙袋が転がり落ちた。開いた袋の口から焼き菓子が姿を見せる。

「いや！　皆で食べるの！」

「菓子なんて、どうでもいいだろう。行くぞ！」

「誰か！　誰か助けて！」

今さらになって、後悔の念が押し寄せてくる。

黙って出てくるのではなく、メイドと一緒に来ればよかった。けれど、もう遅い。

＊　＊　＊

ふと気が付いたら、カトリーナがいなかった。

「ヴィンセント様、カトリーナさんがいません」

「庭で花を見てくると言っていたが……」

以前、ザカリーとニコラスが閉じ込められた一件もあり、あれ以来、子供達は自分がどこに行くのかきちんと大人に告げるようにしている。

「それにしては、遅くありませんか？　そろそろおやつの時間なのに、カトリーナさんが戻ってこないなんておかしいです」

カトリーナは、決められた時間はきっちりと守る。時計も読めるし、今まで時間を守らなくて問題になったことはなかった。

「おかしいわね、あの子は約束は守るはずよ」

「庭を確認してきます」

侯爵夫人の言葉に、ベスは勢いよく立ち上がった。

「ルーシーさん、カトリーナさんを見なかった？」

「見ていません。てっきり、皆様と一緒にいるものだと」

通りがかったルーシーにも聞いてみるが、彼女もカトリーナは見ていないらしい。

庭に出て、庭師に聞いてみるものの、庭師もカトリーナを見かけていないようだ。

もしかしたら、誰も見ていない間に、屋敷から誘拐されてしまったのかも。ベスの背中を、冷たいものが流れ落ちる。

ザカリーやニコラスの姿が見えなくなった時と同じ恐怖が襲い掛かってきた。

「私、外も見てきます。誰か、カトリーナさんを見ているかもしれません」

以前、ザカリーとニコラスが行方不明になった時の経験が、今回は役に立った。こんな形で活かすことになるとは想像もしていなかったが。

「使用人も二手に分けよう。屋敷に残る者と、外に捜しに出る者と。エヴァン、使用人を連れて先に行ってくれ。君はそのまま警備隊へ捜索の依頼を」

命令を受けたエヴァンは、珍しく険しい顔になった。それからぱっと身を翻し、大声で使用人達の名前を呼びながら奥へと駆け込んでいく。

「ルーシーさん、あなたは子供達と一緒にいて。侯爵様、侯爵夫人、ザカリーさんとニコラスさんをお願いします」

「任された。私も外に出て捜したいところだが……私の身体では足手まといになってしまうだろう」

侯爵はまだ身体が本調子ではない。

公爵家に滞在している今も、処方された薬を飲んでいる。下手に外に出るよりも、ここで子供達の相手をしている方がいい。男の子達も、祖父母が一緒にいてくれたら安心するだろうし。

（こういう時、もっと役に立つ魔術を授かっていればよかったのに……！）

生活魔術を授かったことを、後悔したことはなかった。魔術書を手に、ああでもないこうでもないと工夫を凝らすのは楽しかった。

今ではベスの生活魔術はかなりの腕前に達しているし、生活魔術を授かっていなかったら、ヴィンセントや子供達に会うことはなかった。

けれど、こういう時はもっと役に立つ魔術を授かっていたらよかったと思わずにはいられない。

（カトリーナさんがひとりで屋敷を出るとは思えないけど……私、追い詰めすぎていたかしら）

カトリーナが心を開くまで、こちらからは必要以上にかまわない方がいいだろうと思っていた。けれど、距離をあけていたことが、逆にカトリーナに近づきにくいと思わせていたら？

（……早く、見つけなくちゃ）

カトリーナは、どこに行ってしまったのだろう。

誘拐されたにしても、ひとりで出て行ったにしても、表門は門番が常につめている。となると、塀を乗り越えたか、裏門から出たか、だ。

ザカリーやニコラスは裏門の鍵を開けられないけれど、カトリーナだったら開けられるはず。

ベスは裏門の方から捜し始めることにした。

（……開いてる）

裏門はきちんと閉じられておらず、わずかに隙間があった。毎日仕事の終わりには、庭師が裏門の戸締りを確認している。

となると、今日、誰かがここを通った可能性は高い。ベスは、するっと裏門から外に出た。

右、左、と視線を走らせる。右手は、街の中心部、左は街の外に向かう道だ。街の方に行って、何か見た人がいないか聞いてみよう。

反対側には、庭師に行ってもらうことにする。

「すみません、金髪の女の子がここを通るのを見ませんでしたか？」

「カトリーナ様のことかな？　ああ、あっちの方に行きましたよ。お菓子を買うって」

「ありがとうございます！」

何人かに話を聞いているうちに、カトリーナの顔を知っている者に出会えた。ひとりで歩いているカトリーナを気にかけ、声をかけてくれたようだ。

「お菓子を買いに行くと言っていたので……ひとりなのは気になっていたのですが」

「いいえ、いい手がかりです。ありがとう！」

あまりにも申し訳なさそうにしているので、屋敷に行って、今の話を伝えてくれるように頼む。もしかしたら、警備隊に連絡したのは早まったかも。

けれど、貴族の女の子が町中をひとりでうろうろするのは危険だ。警備隊も、今頃捜しに出ているだろうから、カトリーナが見つかる可能性はぐんと高くなった。

（お菓子を買うだけならどこかですれ違ってもよさそうなものなのに）

裏道にでも迷い込まない限り、戻ってくるカトリーナとすれ違ってもよさそうなものだ。だが、カトリーナの姿は、どこにも見えない。

「カトリーナさんが来ていませんか？」

「お嬢様でしたら、先ほどお帰りになりましたよ」

聞けば、三十分ほど前にカトリーナはこの店でパイやクッキーを買ったそうだ。ポケットの財布からきちんと支払いをしたらしい。

ここまでは無事だったことは確認できたけれど、問題はさらに大きくなってしまった。

三十分前にここで買い物をしたならば、屋敷に戻っていてもおかしくないのだ。でなければ、ここに来るまでのどこかで、すれ違うはず。

街に出たついでに、少し足を伸ばしてしまって、帰り道がわからなくなっているのだろうか。

（とにかく、カトリーナさんを見つけるのが先ね）

ベスは店を出る。こうなったらあたりを歩き回ってみるしかない。そのうち、公爵家の人々も追いついてくるだろうから、皆で町中捜し回ろう。

「ベス、カトリーナが見つかったって？」

「いいえ、こちらに来たということだけ。あのお店で、買い物をしたということはわかりました」

慌てた様子で、ヴィンセントが駆けつけてきた。伝言が屋敷に届いたらしい。

カトリーナが見つかったのではなく、本人が買い物をした店がわかっただけだと聞いて、彼の肩から力が抜けた。

「だが、攫われたわけではないんだな」

「でも、お買い物だけならもう帰ってもおかしくないと思うんです」

「そうだな、時間を考えればそうか……わかった。警備隊の方にももう一度話をしてみる」

　近頃、子供の誘拐事件が続いているからか、ヴィンセントの表情は険しいものだった。誘拐犯なら、屋敷に身代金の要求があるかもしれない。

「……私も、もう少し範囲を広げて捜してみます」

　屋敷で暮らすようになってから、何度かこのあたりには来ている。生まれ故郷同然にとは言えないけれど、裏町も多少歩いても大丈夫なはず。

「だが、君ひとりで行かせるわけには」

「大丈夫ですよ、危ないところは行きませんから。そのあたりの人に、カトリーナさんを見なかったか聞いてみるだけです」

　そう言うと、ヴィンセントは首を縦に振った。納得はしてくれたらしい。

　ヴィンセントと素早く今後の打ち合わせをし、ベスは再び歩き始めた。

　近所の人達に話を聞きながら歩き回るが、カトリーナの目撃情報は出てこなかった。となれば、考えられる可能性はふたつ。

（カトリーナさん、誘拐されたか、裏路地に迷い込んでしまったんじゃ……！）

　さらに奥の方まで行ってみようか。どうしよう、と思っていたら不意に足元でワンと声がした。

「……犬」

足元で鳴いていたのは、成犬になるまでもう少しと思われる大きさの犬だった。

ベスは、しゃがみ込んで犬を撫でる。尾を振った犬は、ベスの足元で満足そうだ。

（そうだ、犬！）

犬の嗅覚は、人間よりずっと優れている。

猟犬は、においもたどって獲物を追いかけるのだ。

屋敷にいるのは番犬で、訓練を受けているわけではないだろうが、カトリーナの痕跡を犬達なら追えるかもしれない。

もっと早く気づけばよかった。後悔しながら、屋敷に戻る。

カトリーナの部屋から枕カバーを持ち出し、犬舎の犬達の中でもリーダーの犬にカトリーナのにおいを嗅がせてみた。

「におい、追えるかしら？」

という、ベスの問いに、勢いよく顔を上げて返事をしてくれる。生活魔術の中には、ペットの躾に関するものも存在する。

もちろん伯爵家では、ベスがペットを飼うなんて許されなかったけれど、馬小屋にいる馬の世話だの、庭に入り込んできた野良猫にお願いして他の場所に移ってもらう時などに重宝した。

勢いよく走りだしたリーダー犬にベスも懸命についていく。なぜか、他の犬達も犬舎から飛び出して、一緒についてきた。

「あなた達も、力を貸してくれるのね。ありがとう！」

もし、カトリーナが悪者に捕まっているのだとしたら、ベスだけでは戦闘力に欠ける。けれど、犬達が一緒に来てくれているのなら大丈夫だろう。

必死に走り、犬のあとを追う。菓子屋の前でいったん止まり、ふんふんと地面を嗅いだかと思うと、再び足を速めた。

番犬はどの犬もよく鍛えられていて、リーダー犬に後れを取ることはない。だが、どんどん裏路地の方に入り込んでいくから心配になった。

気が付けば、自然と誘われたのか、野良犬と思われる犬まで、一緒に走っている。

すれ違った人が、犬の集団と、その中にいるベスにぎょっとした目を向けるのもなんとなく伝わってきた。

（カトリーナさん、どこまで行ってしまったのかしら……）

幼い少女が、こんな裏路地にまで入り込んでいるとなると不安にもなろうというものだ。

道の両脇にたっている家は、表通りのものに比べると明らかに古びていて、手入れの行き届いていない場所も多い。

公爵の屋敷から少し離れただけで、こんなにも寂れるものかと思われた。

だが、昼間から酒を出したり、肌も露《あら》わな女性が道端で踊っていないだけまだましなのかもしれない。王都にはそんな場所がたくさんあるのもベスは知っていた——実家にいた頃、買い物に行かされた時に見かけることもあったから。

さらに道を外れる。このあたりは、王都の中でも、特に貧しい者達が暮らしている場所だろう。見上げれば、道を横切るようにロープが張られ、洗濯物がひらひらとしている。

本当にこんなところまでカトリーナが来てしまったのだろうかと不安になった時だった。向こう側から、悲鳴が聞こえてくる。

それが、カトリーナの声であることを、ベスも犬達も察知した。

「先に行って！」

ベスがそう頼んだのは、犬達とベスの走る速度に大きな違いがあるからだ。ベスも健脚な方ではあるが、本気を出した犬達にはかなわない。

ベスの声に応じるように飛び出したのは、リーダー犬。そのあとを公爵家の番犬達が追いかけ、唸り声をあげながら、野良犬達も追う。

そこからあとは夢中だった。

「あ、あなた達……いったい、何をしているんです？　その子は、うちの大切な娘ですよ！」

「は？」

場違いな若い女性の声に、一瞬男達はとまどったが、すぐに笑い声をあげた。

「こういうのを、新しい獲物がやってきたって言うんだろうな」

「これは、これで使い道がありそうだ」

にやにやとしながら、男達はベスの方に一歩踏み出す。

「ベス、来ちゃだめ！」

カトリーナがベスの名を呼んだけれど、ベスは動揺しなかった。

「やっちゃってください！」

ベスの声と同時に、激しい鳴き声をあげた犬達がとびかかる。

「な、何だ？」

二十頭近くいるだろうか。そのうち半数は、野良犬だ。首輪をつけていないし、汚れている。

残りは、公爵家の番犬だ。

普通なら関わることのない犬達が、ベスの言葉に従っている。

「おい、やめろっ！」

カトリーナを抱えていた腕に飛びつかれ、男はカトリーナを取り落とし、落とされたカトリーナは尻もちをついた。

「カトリーナさん、こちらですよ！」

ベスが手を差し伸べる。よろけるようにして立ち上がったカトリーナは、その腕に飛び込んだ。ベスはしっかりとカトリーナを抱え込む。

「生活魔術——洗濯物回収‼」

「……え？」

カトリーナの目の前で、洗濯物がベスの腕の中に飛び込んできた。魔術書を持つ左腕で洗濯物とカトリーナをまとめて抱えたベスが、右手の指をひらりとさせる。

「からの──洗濯ロープのお片づけ！」

外れて飛んできたロープが、男達の足に巻きつく。三人まとめて足を束ねられてしまい、男達は窮屈そうに地面に転がった。

「何だ、お前は！」

「解け！」

身体を捩り、なんとかロープから逃げ出そうとした男達の上に、次から次へと犬達がのしかかる。

ガウガウと犬達は唸りながら、男達を押さえ込んでいる。のしかかれなかった犬達は、周囲を唸りながら回り、逃がすまいとしているみたいだ。

総勢、十頭以上の犬達が男にのしかかっている光景は、見ものと言えば見ものである。

「あなた、公爵様のところまで行ける？」

そのうち一頭に、ベスが話しかけた。男達の上から下り、ベスの前に行儀よく座った犬は、公爵家のリーダー犬だ。高く一声鳴く。

「では、お願いしますね。あとのワンちゃん達は、この人達が逃げないように見張りをお願いします」

それにも揃って、「ワン！」という返事が返ってきた。番犬も野良犬もそれは変わらない。男達が逃げ出そうとする度に、犬達が唸る。

「わあ、やめろ！」

悲鳴があがったのは、一頭が男の頬をべろりと舐めたからである。まるで、美味しいご馳走を楽しみにしているみたいに。

「……あの」

ベスの腕の中から、カトリーナはこわごわとベスに声をかけてきた。小声なのは、叱られるとわかっているからだろう。

「だめですよ、勝手にお屋敷から出ては。次からは、メイドを連れて行ってくださいね」

地面に転がっている紙袋に目をやったベスは、カトリーナを解放してそれを拾い上げ、ぽんぽんと袋の汚れを落とした。

「幸い、中身はほとんど無事ですよ。持って帰りますか？」

「……えっと」

紙袋を受け取ったカトリーナは、ただ、黙っているだけだった。じっとベスの顔を見上げている。

「お手柔らかにお願いしますねぇ……」

転がっている男達の周囲をぐるぐる唸りながら回ったり、時々身体に足をかけたりしている犬達に声をかけたベスの顔は、先ほどまでとは違って穏やかなもの。

「カトリーナさん、もう大丈夫ですよ」

「ごめ、ごめんな、さい……」

「お菓子はどうしたのですか？」

「み、皆で食べようと思って……」

しゃくり上げながらも、カトリーナはちゃんと説明してくれる。

裏門からこっそり出て行ってしまったのはいただけないが、弟達のために、美味しいお菓子を用意しようとした気持ちは、大切にしてあげたい。

「カトリーナ！　ベス！　無事か！」

「大丈夫ですよ、ヴィンセント様。問題ありません」

血相を変えて駆けつけてきたヴィンセントは、ロープで身体を巻かれて逃げられないようにされた上、犬達にのしかかられている男達を見て、眉間に皺を寄せた。

改めてよく見てみれば、男達の身に着けている品は粗悪なものだ。お金を持っているようには思えない。

「ベス、彼らは……？」

「お、叔父様、あの人達、子供を……売るって、言ってた。私も、売るって」

ベスの胸に頬を押し付け、ヴィンセントの方に顔を向けたカトリーナがとぎれとぎれに言う。

それを聞いたヴィンセントは、今度は眉を吊り上げた。

「子供達が行方不明になっているというのは、お前達が原因か……！　エヴァン！」

「はいっ」

いつの間にか、エヴァンもここまで追いついていたようだ。ヴィンセントの声に、すっと前に出てきた。

「こいつらを連行し、警備隊で尋問してもらえ。多少手荒でもいい」

「かしこまりました」

多少手荒って、どの程度だろう。だが、ヴィンセントが手がかりを掴んだというのなら、もうこれで大丈夫。

「カトリーナ、君とは帰ったあとにじっくり話をしよう」

「はい、叔父様」

声音の底に心配があるのを、ベスは敏感に感じ取った。

カトリーナの行動は叱られるべきことだし、今回はたくさんの人に迷惑をかけることにもなった。

（叔父様とのお話が終わったら、温かいミルクとクッキーを用意しておきましょうか）

カトリーナが落ち着きを取り戻す時間も必要だ。

ベスの腕の中にいるカトリーナが離れようとしないのに、ベスはまだ気づいていなかった。

こうして、公爵家のお嬢様が行方不明になるという大事件は決着を迎えることとなった。

ヴィンセントの部屋に呼ばれたカトリーナは、そこでこんこんと諭されたらしい。叱られるよりも、その方がカトリーナには堪えたようだ。

泣きはらした目をして出てきたカトリーナに、ベスはミルクをたっぷりと入れた紅茶とクッキーを差し出した。

弟達には泣いた顔を見られたくないだろうから、カトリーナの部屋でこっそりと。

「ベスも怒ってる？」

「怒ってはいませんよ。心配はしたけれど」

もじもじと上目遣いに見られて、ちょっと胸がきゅんとした。そう言えば、カトリーナがベスの名前を呼んでくれたのも初めてだ。

今まで彼女の方からベスに声をかけてきたことはほとんどなかったし、仮に呼ばれることがあっても「ねえ」とか「いいかしら？」とかだった。

「心配？」

「もちろんですとも。カトリーナさんは、ずっと頑張っていたでしょう」

そう口にしたら、カトリーナは目を大きく見開いた。まるで、ベスの言うことが信じられないとでも言うように。

「頑張る？」

「ええ。弟達を守ろうとしていた。だから、私のことが認められなかったんですよね」

ぽろっと、カトリーナの目から涙が零れ落ちた。先ほどまでわんわん泣いていたし、ヴィンセントの部屋でもまた大泣きしただろうに。

「ほらほら、そんなに泣いたらお目々が溶けちゃいますよ。温かい紅茶を飲んで、クッキーを食べて、ちょっとほっとしましょうか」

ベスの分も抜かりなくクッキーを用意してあるのだ。そっと目を押さえたカトリーナは、照れた様子で小さくうなずいた。

「ね、ねぇ……」

「はい、何でしょう？」

「あれって、生活魔術だったの？」

洗濯物が飛んできたり、屋敷の番犬はともかく、野良犬達までベスに協力していたり。たしかに、生活魔術には見えないかも。

「生活魔術ですよ」

「嘘よ！　生活魔術は、そんなにいろいろできないわ！」

カトリーナの知る限り、生活魔術は料理とか洗濯とか、それぞれひとりひとつに限定されていたはず。

カトリーナの魔術書にだって、『料理』としか書かれていなかった。他のことなんて、できるはずない。平民のベスならともかく、カトリーナには役に立たない魔術。

弟達を守る魔術が欲しかった。こんな、なんの役にも立たない魔術ではなく。

なのに、なぜ、ベスは同じ生活魔術でもこんなにいろいろなことができるのだ。

シャボン玉だって出してくれたし、旅の間は、他にもいろいろな魔術を見せてくれた。

ベスの生活魔術と自分の生活魔術がまったく違うのは納得できない。とぎれとぎれに、語るカトリーナの言葉を総合すれば、カトリーナはそんなことを考えていたようだ。

「生活魔術は、生活に役立つ魔術全般のことを言うんですよ。私はそれを応用しているだけ。カトリーナさんも、きっとすぐにいろいろなことができるようになるのでしょうけれど……」

「ベスは、生活魔術は嫌じゃなかったの？」

「んー、そうですねぇ……最初は少しだけがっかりしましたよ」

カトリーナの問いには、ちくりと胸が痛んだ。生家は、炎や風など、攻撃に大きな力を発揮する魔術を重んじる家だった。

生活魔術は貴族らしからぬと、嫌がる家が多いのも知っている。けれど、子供の前でそんなところは見せたくなくて、首を横に振る。

「たぶん、カトリーナさんが思っているよりもずっと、生活魔術でできることは多いですよ。

ある意味、四大属性魔術よりも」

ベスがよく使う洗濯魔術は、水を多く使う。

水魔術と違って、近場にバケツ一杯でもいい、水源がなければ魔術を行使することはできないが、水だけではなく、ロープや布までベスの魔力で扱える範囲となる。

同じように、掃除魔術では風、料理魔術では炎、と、与えられた魔術の中でできる範囲を広げていくことはできる。

考え方によっては、与えられた属性の魔術以外基本的には使えない属性魔術の人達よりもできることは多いかもしれなかった。

「たとえば、先ほどの男達を縛ったのは洗濯魔術の応用です。洗濯物を干すのに、ロープは必須ですからね」

「そうなの？」

カトリーナは、泣きはらした目を大きくした。その彼女の口元に、クッキーを押し付ける。

カトリーナが一番好きなのは、チョコレートをかけたクッキーだ。

思わずと言った様子で口を開いた彼女は、それをもぐもぐと咀嚼《そしゃく》した。

「ワンちゃん達が、カトリーナさんのために男の人達にとびかかったのは、ペットの躾の応用です。公爵家のワンちゃん達は、以前から躾をしてましたけど、野良犬達は、あの場で強引に躾をしちゃいました」

いつの間にか、公爵家の犬達と一緒に走っていたから、あの場で躾をさせてもらった。

公爵家の番犬ほど統制の取れた動きではなかったものの、野良犬達も男を取り押さえるのに大きな協力をしてくれた。

「あの犬達はどうなるの？」

野良犬達の対応は、基本的には見つけた人に任される。

番犬として連れ帰るのも、そのまま見なかったことにするのも、邪魔だからといって駆除するのも。それは、公爵家だけではどうにもできない。

「頭のいい犬ばかりでしたから、私が躾をして、番犬の欲しい家に譲ろうかと。ヴィンセント様の許可は必要になりますが」

カトリーナのにおいをリーダー犬が追いかけたように、野良犬達の中でも適性があるものは街の警備隊で採用すればいい。

雄と雌をしっかりと分けておけば、無尽蔵に犬が増えていくのも避けられるはず。

街中を大きな犬がうろうろとしているのは、正直なところ、気になっていたのだ。

もちろん、人に飼われるより外での暮らしを望む犬もいるだろうけれど……そういう犬は、街の外で暮らしてもらうしかない。街の外に出れば、獲物を捕まえることもできるだろうし。

クッキーを一枚手に取り、けれど口に運ばずじっと見つめていたカトリーナが、ぽつりと言った。

「……私、守りたかったの」

「わかりますよ。だから、悪い人が弟達に近寄らないようにしていたのでしょう？」

街中でぽっと出てきたベスを信用できなかったのもわかる。

ニコラスがすぐにベスに懐いたのも、不信感を煽らせることに繋がったのだろう。今度は自分で手を伸ばし、クッキーを取り上げたカトリーナはぼそりと口にした。

「でも、私……間違っていた、みたい」

もし、カトリーナがもっと早くベスに気を許していれば、今回の事件が起きなかったのは事実。けれど、ヴィンセントもベスも、その点においてカトリーナを叱ろうとは思っていなかった。

「これからは、お友達になってくださいますか？」

「友達で、いいの？」

ベスの言葉が思いがけなかったのか、顔を上げたカトリーナは困惑している。きっと、公爵家の養子になる以上、母親だと思わなければいけないと思っていたのだろう。

「よく考えてくださいな、カトリーナさん。私、カトリーナさんとの年齢差は、十一歳です。お母さんになるには、無理があると思いませんか？」

「……そう、かも？」

「友達でもいい、近所のお姉さんでも、たまに会う親戚でも。もちろん、乳母でもメイドでも。

カトリーナさんが私に対して、どんな関係を作りたいのか。それを、私が決めることはできません。でも、私はカトリーナさんと仲良くなりたいのです」

ベスが手を差し出すと、カトリーナは小さくうなずいた。ベスの手に、小さなカトリーナの手が重ねられる。

その手を取った瞬間、ベスは胸がきゅっとなるのを覚えた。この小さな手で、彼女は弟達を守ろうと必死だった。

幼い少女が、懸命に、精一杯。考えを巡らせて。

それは、ベスにとってはとても美しい心根に思えたのだ。

「決めた！」

不意にカトリーナが大きな声をあげてベスは飛び上がった。いったい、何を決めたのだというのだろう。

「ママ。そう呼ぶわ」

「でも、お母様はひとりだけ……」

「だからママ。ニコラスもザカリーも、あなたのことを『ママ』と呼んでいるでしょう？　産んでくれたお母様はひとりだけだけれど、同じぐらいザカリーやニコラスのことを愛してくれる人だから、『ママ』って呼ぶわ」

無理はしなくてもいいのに、口には出さなかったけれど、そう思っているのはきっとカトリーナにもばれている。

今まで泣いていたのが嘘みたいに、彼女は晴れやかな表情になった。

「よろしくお願いしますね、ママ。お外では、きちんとベスお義母様って呼ぶから」

「こちらこそ……よろしくお願いしますね」

小さな声で言うカトリーナと、初めて気持ちが通じ合ったような気がした。これからは、カトリーナともきっと上手に関係を作っていくことができる。

それが、どんな関係であれ、きっと悪いようにはならない――素直に、そう思えた。

## 第五章　冷遇されていた令嬢は、公爵様に求愛される

いったん心を許したら、あとは信頼できる人として認識されたのだろうか。

今までの態度が嘘のように、カトリーナもまたベスにべったりになってしまった。

今日は、午前中に家庭教師との勉強を終わらせたかと思えば、午後は庭園にベスを引っ張り出して質問攻めだ。

ケンドリック侯爵夫妻も孫と一緒の時間を過ごしたいようで、共に四阿《あずまや》に姿を見せていた。

ニコラスとザカリーは、少し離れたところで子犬達と戯れている。ルーシーと犬係が慎重に見守っているので、しばらくカトリーナに集中しても大丈夫だ。

「生活魔術の使い手は、そんなにたくさんの魔術を使えないと聞いていたわ。どうして、ママの魔術書は、そんなにいろいろな魔術が記されているの？」

授かった魔術書は、本人が見せようとしなければ他の人の目には見えない。だから、ベスの魔術書に何が書いてあるのか、カトリーナは見ることができないのだ。

「最初は生活魔術でがっかりしたんですよ。私の親も、とてもがっかりしていました」

「そうなの？」

これだけ魔術書を使いこなしているのに、がっかりしたというのは驚きだったのだろうか。

カトリーナは目を丸くする。

「ええ……でも、授かった魔術書を、私はとても愛おしいと思ったんです」

祝福の儀で魔術書を授かった時のことは、今でも鮮明に覚えている。露骨にがっかりした顔になった父、申し訳なさそうな表情になった母。

けれど、ベスにも上手に説明することはできなかったけれど、祝福の儀で魔術書を授かった時、『一生の仲間』というような気がしたのだ。

「だから、暇さえあれば魔術書に魔力を与えていたし、どんどん使っていったんです。最初は自分の部屋でこっそりと」

もし、危険性の高い魔術を授かったなら、早々に家庭教師がつけられただろう。勝手に魔術を使って、屋敷を燃やしてしまったり、水浸しにしたりしてしまっては困る。

けれど、ベスの授かったのは生活魔術。その中でも『洗濯』だった。家庭教師に教わるまでもないと、魔術の教師はつけてもらえなかった。

それでも魔術を使ってみたかったベスは、こっそり魔術を使うようになった。まずは洗濯。ハンカチや小物を、自分の部屋でこっそり洗ってみた。水と洗剤液さえ用意しておけば、魔術の力で洗濯から干すところまでできるのが面白かった。

けれど、貴族令嬢が部屋でこっそりできることなんて限られている。だから、いろいろな工夫をしてみるようになった。

洗濯物を水の中でぐるぐると回すことだけやってみたり、絞るところだけ魔術を使ってみたり、洗剤液でこっそりシャボン玉を作ってみたり。

そのうち、洗濯魔術を分割して使えるようになった。必要なものを事前に用意しておけば、自在に使えるようになった。

使用人として扱われるようになってからは、魔術の上達速度はますます上昇していった。

魔術書に与えた魔力の量が、かなり多かったのもそれに拍車をかけているのかもしれない。

気が付いた時には、洗濯以外の生活魔術が記されていた。

「魔術書が成長したということかしら？」

普通は、最初に記されている魔術しか使えないらしい。ベスのように、最初は生活魔術の中の洗濯魔術だけ、それから料理、掃除、と増えていくというのは例がないそうだ。

「そんな話は、聞いたことがないが……」

側で話を聞いていた侯爵夫妻は揃って首を傾げた。おっとりとしているふたりは、ベスに子供達を預けてもいいと判断してくれたらしい。

もし、信頼できない人間だったら、このまま排除してしまおうと思っていたのだとカトリーナの行方不明事件のあとに聞かされた。信頼してもらえたみたいで、何よりだ。

「どうでしょう？　成長かどうかはわかりませんけれど。でも、限界はあります。私が魔術を使えるのは、私が自分でできる仕事だけなんです。一度、自分で手を動かして、何をすればいいのか理解しないと使えないみたいで」

たとえば、生家の伯爵家にいた頃、屋敷の維持管理に必要な帳簿付けはベスの仕事の範囲外だった。

公爵家に移ってからも、帳簿は任されていない。だから、魔術で帳簿をつけることはできない。何回かやらせてもらって、馴染んだらできるかもしれない。契約の範囲外だから、公爵家の帳簿に手を出すつもりはないけれど。

「刺繍は、お裁縫の応用なんですよ。ドレスの裾や袖に刺繍をするのは、生活に必要なことの範囲に含まれているみたいですね」

「そうねえ、ドレスをアレンジして着るのも大切なことだものね。毎回、同じデザインのドレスで出かけるわけにもいかないし」

と、侯爵夫人はまたもやおっとりと首を傾げるが、ベスの技術は異母妹の機嫌を損ねないようにするために身に付けたと言った方が正解だ。

最初のうちは、手縫いで刺繍していたのだが、さすがに職人並みの速度というわけにはいかなかった。命じられた刺繍を片づけられなければ、食事を抜かれることもしょっちゅうだったので、必死になっていたらできてしまったという方が正解だ。

侯爵夫妻や、子供達の前でそのあたりの事情について語るつもりはないので、笑みを浮かべるにとどめておく。

「……私も、洗濯ロープを使えるようになるかしら?」

「使えるようにはなると思いますけど……」

キラキラとカトリーナが目を輝かせているが、ベスは困惑してしまった。本当に、教えてしまっていいのだろうか。

ベスが言うのも説得力皆無だが、貴族令嬢らしくないと言えばらしくない。

(侯爵夫妻は、どうお考えなのかしら……)

いずれ、カトリーナはスタンレー公爵家の長女かつ、未来のケンドリック侯爵の姉としてどこかに嫁いでいくことになるだろう。

ヴィンセントの持つ公爵位については、ヴィンセントの死亡時に彼の子がいればその子が、いなかった時にはザカリーが継ぐと決められているけれど、カトリーナと縁を繋ぎたいと望む者は多い。

でも、嫁ぎ先が、カトリーナの生活魔術に対して、嫌な顔をしたとしたら。そんな家に嫁いでしまったとしたら、身を守れる術は多い方がいいかもしれない。

「心配しなくていいのではないかな。自分の身を守れるようになるのなら、その方がいい」

先日、侯爵夫妻の前でもベスの魔術を披露したので、ベスの生活魔術がどの域に達しているのかはふたりも知っている。侯爵が、そっと口添えをしてくれた。

「そうよ、それに屋敷を切り盛りする上でもある程度家事の知識はあってもいいでしょうし」

「では、ヴィンセント様にも確認を取って……」

あくまでも保護者はヴィンセントだ。彼の許可を得なければと思っていたら、ベスの背後から声がした。

「いいと思うぞ。カトリーナも、自分の身ぐらい守れてもいい。もし、希望するなら剣術の稽古もできるように取り計らうし」

「本当？　叔父様……パパ」

正式に養子縁組したのだからと、叔父のことを『パパ』と呼ぶようになった。子供達にとっては、もうひとりの父親ということになる。

公の場では『叔父様』もしくは、『お義父様』と呼ぶことになる。どちらがいいのかは、子供達の選択に任せておこうと思う。

「無理はしなくていい。呼び方なんて、好きにすればいいんだから」

ヴィンセントはヴィンセントで、子供達との距離をまだ測りかねているところがある。

子供達はすっかり彼に気を許しているし、彼の愛情もちゃんと伝わっているのは見ていればわかるけれど。

「では、カトリーナさん。明日から、空いている時間に少しずつ勉強してみましょうか」

カトリーナの魔術書には、『料理』と書かれているらしい。

となれば、オムレツを作ったり、皿を洗ったりできるのだろうか。料理は後片付けまできちんとして初めて完成なのである。

「はい、ママ。明日からよろしくお願いします！」

にこにことして、カトリーナはベスを見る。先日まではまるで違うその表情に、ベスはほっとしたような気分になった。

「ママ、子犬を部屋に連れて行っちゃだめ？」

くぅんと鼻を鳴らしている子犬を抱き上げたザカリーが、甘えた顔で言った。ニコラスが、そっと子犬の頭を撫でる。

「ワンちゃん！」

ニコラスはすっかり優しい子になった。小さな子供なりに、自分より小さな存在は大切に扱わなければいけないと考えているらしい。

「そのワンちゃんは、お部屋に連れて行ってはいけません」

ベスの言葉に、ふたりともしゅんとしてしまった。

悲しそうな顔を見ていたら、許可を出してしまいたくなるが、ここはベスも我慢のしどころだ。すべて子供達の思い通りにするのがいいとは限らない。

「ワンちゃんのパパとママが寂しがるでしょう。ワンちゃんのお部屋で寝かせてあげてくださいな」

そう説明すれば、寂しそうな顔をしながらも、ふたりともうんとうなずいてくれる。

「よしよし、偉いぞ」

ヴィンセントは、ぎこちなく手を伸ばし、まずはニコラスを抱き上げる。

「僕も、僕も！」

まとわりついたザカリーも、手を伸ばした。まとめてふたりひょいと抱き上げてしまう。

（……すごい）

男性は女性より力が強いというのは認識していたつもりだったけれど、ヴィンセントは思っていた以上に力持ちだ。

胸の奥の方で、何かが動いたような気がする。けれど、その理由がわからなくて、ひとり、首を傾げていた。

＊＊＊

ヴィンセントが仕事部屋にいると、こっそり子供達が姿を見せた。

「叔父様……パパ、少しよろしいかしら？」

「無理はしなくていいぞ。君達の叔父であることにかわりはないからな」

少し、緊張した様子のカトリーナが、口を開く。『叔父』として子供達と関わってきた期間は長いけれど、『パパ』としての期間は長くない。

両親を失ってしまった子供達を引き取る決意はしたけれど、最初の頃は、子供達としっくりいっているとは言い難かった。

叔父としてはともかく、親になるにはまだ早い。亡き姉夫妻の分もしっかり育てようとしていたから、空回りしていた自覚もある。

「パパは、ママのこと好き？」

カトリーナがもじもじしている横で、ザカリーが無邪気に問いかけてきた。書きかけだったペンを取り落としそうになる。

慌てて書類にサインして、それからそのペンをそっと置いた。

「どうした？　なんで、そんなことを……」

ベスとの関係の始まりは、誉められたものではなかった。けれど、早急に誰かと結婚する必要があった。ベスに決めたのは、ヴィンセントにとって都合のいい相手だったというだけの理由。

オルディス伯爵家の娘であることも気づいていた。王宮の夜会で見かけたし、そのあと視察に訪れた子供達の養育施設で奉仕活動をしているのも見ていたからだ。

子供達はベスを取り囲み、笑い声をあげていた。きっと、ベスなら子供達の心を癒やしてくれる。

ベスに結婚を頼んだのは、あくまでも子供達のことを思ってのこと。

――けれど。

ベスと過ごす時間が長くなるうちに、少しずつ惹かれていくのも否定はできなかった。

ベスの周囲には、心地いい空気が流れている。その心地いい空気にヴィンセント自身も子供達も惹かれている。

ベスと違った関係を築きたい。だが、先にあんな契約を持ちかけた自分に、関係を変えたいと願うのは許されるのだろうか。

「ニコ、ママすきよ」

「……ああ、そうだな」

とてとてと近づいてきたニコラスが、両腕をヴィンセントの方へ差し伸べた。抱いてほしいという合図であるのはわかっているので、そのままニコラスを抱き上げる。

膝の上でもぞもぞと動いたニコラスは、こちらに体重を預けながら見上げてきた。

期待に満ちた表情だ。

「叔父様、ベスのこと嫌いなの？」

あえて、『パパ』ではなく『叔父様』、『ママ』ではなく『ベス』と、カトリーナは呼んだ。

ふたりの関係を、まだ婚姻前だと認識しているようだ。

「私は、本当の『ママ』になってくれたら嬉しいの。『パパ』もそうではなくて？」

「ママに好きって言った？」

カトリーナとザカリーがぐいぐいと詰め寄ってくる。言葉につまったヴィンセントは、膝に乗ったニコラスを抱きしめる。

「……パパ」

「うん」

カトリーナに見つめられて、何を言えばいいのかわからなくなる。

「好きって言って」

「……考える」

そう言えば、子供達は期待に満ちた目で見上げてくる。

子供達の期待を裏切れないというより、自分の気持ちに素直になりたいと思えた。

＊＊＊

「ねえ、ママ。ママの焼いたクッキーが食べたいわ」

「クッキー?」

うん、とカトリーナがうなずいた。

今までにも何度かクッキーを焼いてはみたが、カトリーナからおねだりされたのは初めてだ。

「そうね。今は厨房を使えるし、焼いてみましょうか。カトリーナさんも、一緒に作るのはどう？」

「本当？　素敵！」

ザカリーとニコラスが昼寝をしている間に、厨房でクッキーを焼く。

まずは、魔術ではなく自分の手で材料を揃え、計り、混ぜて、型を抜いてオーブンへ。何回かやってみて慣れたら、いずれ魔術でもできるようになるだろう。

綺麗にこんがりと焼き上がったクッキーは、店に並べてもおかしくないのではないだろうかと思うほどの出来栄えだ。

「今日のおやつの時間に出しましょうか」

「パパも、喜んでくれるかしら？」

「そうですねぇ……」

ベスは顎に手を当てて思案の表情になる。

ヴィンセントは、できる限り子供達との時間を過ごすようにしているが、今日は朝の段階で、時間は取れないだろうと告げられている。

「今日は、お茶の時間には来られないとおっしゃってましたし、仕事部屋にお届けしてみますか？」

ティールームまで来る時間は取れなくても、仕事部屋で休憩はするだろう。甘いものは嫌いではない、どちらかと言えば好きらしいというのも把握済み。

可愛い娘が初めて挑戦したクッキーを、ヴィンセントに味見させないというのはなしだ。

「でも、いいの？」

「もちろんですよ。クッキーは日持ちするから、日を改めて食べてもらってもいいでしょうし。お仕事の最中につまむこともできるでしょうし」

厨房の料理人に頼んで蓋付きの器を出してもらい、それをクッキージャー代わりにする。

カトリーナは、真剣な顔をして、どのクッキーをヴィンセントに届けるのか選んでいた。

「エヴァンも一緒に食べると思うけれど、できるだけ綺麗なものを食べてほしいわ。ザカリーとニコラスは、形なんて気にしないだろうし」

公爵家の厨房には、たくさんのクッキー型が揃えられていた。子供を引き取るとなった時に、公爵家の菓子職人が張りきって新たに用意したらしい。

猫や犬、兎といった動物の形だけではなく、人型のもの、花を模したもの、丸や三角といった記号の型まで百近くの型があった。

その中からいくつかを選んで使ったのだが、星型のように細かな角が多いものはまだ難しかったようだ。このあたりは経験がものを言う。

「猫ちゃんと、犬ちゃん、それとお花にするわ。丸いのも持っていきましょう」

今回は、バターの香りが芳醇なバタークッキーだ。型抜きをすると決めていたので、生地に基本の材料以外は入れていない。

時間をかけて、焼き上がったクッキーの中から二割ほどを選ぶと、カトリーナは慎重にそれを器に入れていった。持っていくまでの間に、割れてしまっては大変だ。

クッキーを渡して出てくるだけだからと、特に使いは出さずにヴィンセントの仕事部屋に向かう。彼が忙しくても、エヴァンが受け取ってくれるだろう。

「ヴィンセント様、少し、よろしいでしょうか？」

扉の外から声をかければ、内側から扉が開かれた。従者のエヴァンが出てくるかと思っていたら、ヴィンセント本人が顔をのぞかせる。

「パパ、クッキーをお届けに来たの」

カトリーナは、初めて焼いたクッキーをヴィンセントに差し出す。彼は目を丸くした。

「クッキー？」

「ママと一緒に焼いたの。味見してくださる？」

カトリーナの言葉に、彼は大きくうなずいた。

「あとでいただくよ。ありがとう」

「お嬢様、俺も味見していいですか？」

部屋の奥から、エヴァンの声がする。この部屋で、彼もまた忙しくしているみたいだ。

「全部食べちゃだめよ。エヴァンは味見だけ」

カトリーナが腰に両手を当てて言い放てば、奥からは「わっかりました！」と元気のいい返事が聞こえてくる。

「ヴィンセント様、休憩にしましょう。俺、お茶用意するので」

「十分前に休憩したばかりだろうが。その山を片づけるまではなしだ」

「ヴィンセント様の机、積みすぎなんですよー、せっかくカトリーナ様の焼きたてクッキーですよ。焼きたてのうちにいただきましょうよぉ」

エヴァンの顔は見えないけれど、主従の気安いやりとりに、ついくすくすと笑ってしまう。

ヴィンセントとの関係がぎこちなくても、エヴァンとルーシーのふたりが力を貸してくれる分、ベスもずいぶんとやりやすいのだ。

「まったく、あいつは……」

しかたない、というように首を振ったヴィンセントは、膝をかがめて、カトリーナと目の高さを合わせた。

「ありがとう、カトリーナ。休憩時間にエヴァンといただくよ。夕食には行けるから、その時感想を伝えるので待っていてくれないか」

「ええ、パパ。そうしてくれたら、私も嬉しい」

淑女らしい仕草で、カトリーナは一礼する。その様子に、ヴィンセントは目を細めた。

（こういうところ、素敵だな、と思うのよね……）

姉の子供達にどう対応するのか、まだいろいろと考えているところも多そうなヴィンセントであるけれど、子供達と話をする時にはきちんと目の高さを合わせている。

それが無理な状況でも、顔をそちらに向け全身で「聞いているよ」と態度で示している。それは、子供達にもいい影響を与えているようだ。

「ベスと話をしたいことがあるから、カトリーナは先に戻ってもらえないか。エヴァン、カトリーナを送ってやってくれ」

「……わかりました。じゃあ、お嬢様、俺とティールームに行きましょうか」

普段なら、エヴァンにカトリーナを送らせるなんてしないのに。首を傾げたけれど、エヴァンはするりと外に出てきた。

「そろそろお茶の時間でしょう？　お嬢様のクッキーも出ますよね。俺、皿運び得意なんで手伝います！」

「エヴァンはつまみ食いしたいだけよね」

くすくすと笑いながら、カトリーナはエヴァンの差し出した手に自分の手を重ねた。

立ち去るふたりを見送ると、ヴィンセントは、身体の位置をずらしてベスを中に入れてくれた。

「ベス、カトリーナを連れてきてくれてありがとう」

「いいえ。カトリーナさんが、ヴィンセント様にも味見してほしいと言ったので」

ヴィンセントのことを名前で呼ぶのは、まだ少し恥ずかしい。だが、彼の口角がゆっくりと上がるのを見ると、胸の奥が温かくなる。

書類上のことだけではない。ヴィンセントが子供達をきちんと愛しているというのが伝わってくるから。

きちんと引継ぎができていなかったヴィンセントは、ようやく公爵としての仕事が順調に回り始めたところ。まだ、彼が手を動かさなければならないことも多い。

それでも、彼は子供達のことは忘れない。

自分の血の繋がった娘を使用人扱いする貴族がいるかと思えば、姪や甥を家族として迎え入れる貴族もいる。本当にこのあたりは、家によって違う。

（あの人達のことは、忘れたはずなのに）

今の境遇に不満はない。なのに、ちくりと胸を刺された気がした。

いや、不満がないだけではない。あの家で過ごしていた頃に比べたらずっと幸福だ。

だが、時々、胸にちくちくとした痛みがよみがえってくる。どうすればこれを消せるのか、ベスにはわからなかった。

「ベス、明日の午後、時間をあけてもらえないか」

「明日ですか？」

ベスは首を傾げた。時間を作るのは簡単な話だ。

社交上の付き合いを、ベスはまったく行っていない。

夜会への出席などは、姉夫婦が亡くなった直後のため、まだ控えているらしい。ベスを連れていくわけにもいかないだろうから、彼の考えで正解なのだろう。

公爵家全体で喪に服しているということもあって、今は免除されている面もある。

もともと、書類上だけという話だった。この国に知り合いもいないから、会いたい人もいない。

だから、時間を取れと言われれば、いつだってそれは可能なのだ。

「問題ありませんが……」

「明日の午後、一緒に出かけてほしい」

そう口にするヴィンセントは、どう表現すればいいのかわからない妙な表情を浮かべていた。

怒っているわけではなさそうだが、嬉しそうにも見えない。この場で悲しみを見せる必要もないだろうし、どう表現すればいいのだろう。

「わかりました。行き先は？」

行き先によって、何を着るかが変わってくる。

「街に行く」

そう告げられ、何を着るべきかルーシーに相談しようと決めた。

翌日になってルーシーが選んでくれたのは、落ち着いた緑の一揃いだった。

白いレース襟のついたブラウスに、濃い緑の上着。同じ生地で仕立てたスカートも緑だ。さらには、揃いの帽子までかぶせられて、どこから見ても公爵夫人にふさわしい装いだ。こんな服を仕立てた記憶もなかったけれど、いつの間にか屋敷に届けられていたらしい。

「お、お待たせしました……」

こわごわと、ヴィンセントの待っている玄関ホールに向かう。

ヴィンセントは、茶の一揃いを身に着けていて、それは彼の長身によく映えていた。

（……何をお考えなのかしら）

彼の考えなんて、ベスが気にしてもしかたないのかもしれないけれど。階段を下りてくるベスを見たとたん、彼の目元が柔らかく細められる。

（……まただわ）

このところ、少しずつ増えてきた妙な感覚。

ヴィンセントの顔を見る度に、胸の奥で何かが動く。今もまた胸が動いて、けれどそれを認めないように懸命に押しとめる。

だって、感情を動かしてしまったら、間違いなく困ったことになる。

「付き合わせて悪いな。その服、よく似合っている」

「あ、ありがとうございます……！」

びっくりした。顔から火が出るかと思った。

普通の貴族令嬢なら、身に着けている品を誉められる機会ぐらいあっただろうが、ベスはそんな機会は与えられていなかった。

ヴィンセントも、貴族家当主の嗜《たしな》みとして誉めてくれただろうけれど、真正面からの賞賛の言葉に、顔が熱くなるのを抑えられない。

馬車までのエスコートもスムーズそのもの。子供達の相手には慣れていなくても、貴族としての教育はしっかり受けてきたのだと、こんなところで思い知らされる。

「それで、どちらに……？」

「……特に、決めてないんだ」

「決めてない？」

馬車が動き始めてもなお、ヴィンセントが目的地を告げないのだと思ったら、どこに行くか決めないままベスを連れ出したらしい。

連れ出されたベスは困惑した。なぜ、ベスを連れ出すのだろう。ヴィンセントの方も、少し困っているようだ。

「子供達抜きで、ゆっくり話をしたいと思ったんだ」

「なるほど……どうしましょうか」

「天気がいいし、少し外を歩こうか」

どうしようかと思っていたら、ヴィンセントの方からそう提案される。逆らう理由もないので、ベスはうなずいた。

ヴィンセントが馬車を向けたのは、街の中央にある公園だった。

芝生に敷物を広げた人達が、思い思いに時を過ごしている。植えられている花の間を散歩している人達もいた。

公爵家の庭園も見事な花壇があるが、公園はさらに広い。いつもの散歩とは少し違う雰囲気だ。

ふたりで、のんびりと歩く。ただ、それだけ。

何を話せばいいのかもよくわからない。結局、子供達の話になってしまう。

「ベスには感謝している。カトリーナは、ずいぶん素直な表情を見せてくれるようになった」

「そうですね、私にも気を許してくれたように思います」

ヴィンセントは微笑んだ。その笑みを見ていたらドキドキしてしまって、ベスは視線を落とす。

（……変なの）

ヴィンセントを前にして、こんなにも心臓がドキドキしたことはなかった。彼は、何を言おうとしているのだろう。

そういえば、子供達抜きでヴィンセントと向き合うのは初めてだった気がする。

彼とふたりきりでいたら、間が持たないのではないかと思ったけれど、意外とそんなこともなかった。ふたりの間に流れる穏やかな時間。これはこれで悪くない。

もっとも、彼が何をベスに言おうとしているのかだけは気になってしまう。

「……ベス」

「はい」

「君に話をしておかなければならないことがある」

「ええ、どうぞ」

そう返したけれど、ヴィンセントは、まだ口を開かない。何か言いたそうに開いては閉じるのを繰り返している。

「……俺は、君に書類上だけの妻になってほしいと頼んだ」

ようやく彼が絞り出したのは、それだけだった。それは最初の契約だったから、ベスとしては思うところはない。

けれど、今はそれだけでは終わらないみたいだった。ベスは、瞬きを繰り返す。彼が、何を言おうとしているのか予想すらできなくて。

「けれど、君と過ごす日が続くにつれて俺の気持ちが変化してきたんだ。ベスと一緒にいると、楽に呼吸ができる気がする。肩に力を入れなくてもいいというか」

「公爵様のお仕事は、大変ですからね」

父親を急に亡くしたヴィンセントに、どれだけの重圧がかかったことか。

本格的に公爵位を継ぐ準備を終えていなかったのに、父親の果たしていた責務を一気にその肩に乗せることになった。

おまけに、精神的に不安定な子供達まで引き受けることになって。

これで、肩に力が入らなかったらどうかしている。

この一年の彼の苦労を思えば、頭が下がる。ベスは、それ以上語る言葉を持たなかった。

きっと、ヴィンセントも大切なものはわかっている。

「君と過ごしてきて思う……俺は、君が好きなんだと」

その言葉に、ベスは動きを止めた。

異性から好意を向けられたことなんてなかった。思いがけずに、正面から好意を告げられて、どう対応したらいいものかわからなくなる。

「えっと、その、ですね……」

だって、何を言えばいいというのだ。

事情が事情だったとはいえ、もう結婚してしまっている。

ヴィンセントから別れを告げられない限り、ベスが公爵家を出て行くことはない。

「ヴィンセント様は、私に何を求めているのです?」

ベスも長い沈黙の末、ようやくそれだけ絞り出した。

「返事は急がなくていい。ただ、俺と……子供達と、本当の家族になることを考えてくれたら」

そう口にするヴィンセントの表情は、今まで見たことがないもので。

ベスは、何も言えなくなってしまった。

（私は、どうしたいのかしら……）

公爵家での生活は、今まで感じたことがないほど幸せなものだった。

たしかに、最初のうち、カトリーナには反発されたし、ザカリーも姉の顔色をうかがっていた。

けれど、今ではカトリーナもベスを大切に思ってくれている。少なくとも、親戚のお姉さんぐらいの関係にはなれたと思う。

「ヴィンセント様」

けれど、もう答えは決まっている。

「私も……あなたと、子供達と本当の家族になりたい。そう思います」

そうヴィンセントに告げる自分の顔が、真っ赤になっている気がした。

ベスがすぐに返事をしたのに、ヴィンセントの方が驚いたみたいだった。信じられないと言わんばかりに、目を見開いている。

「……本当に？」

「……はい」

向き合ったまま、互いに何も出てこない。

「子供達に、お土産を買って帰りたいです」

「そうしよう。子供達も喜ぶ」

ようやくそれだけ口にして、見つめ合って微笑む。彼の笑みは、ベスを安心させてくれる。

ベスとヴィンセントの関係に新しいページが開かれたような気がした。


ベスが、ケンドリック侯爵夫妻に呼ばれたのは、それから数日後のことだった。

(なんの御用かしら)

侯爵夫妻が、個人的にベスを呼び出すのは珍しい。

もちろん、敵対しているわけではなく良好的な関係を築けているが、こんな風に改めて呼び出されるのは初めてのことだ。

「ごめんなさいね、呼びつけて」

「お気になさらないでください。子供達は昼寝をしていますし」

カトリーナは昼寝をしないこともあるのだが、今日は三人一緒にニコラスの部屋で昼寝中。

今、お腹に掛け布団をかけなおしてきたところだった。

子供達が寝ている間に、手紙の確認をしようと思っていたけれど、それも大きな問題はない。

ベスに届く招待状は、基本的にはお断りをすることになっているからだ。

優雅な動作を心掛けながら、侯爵夫人の前に腰を下ろす。貴族令嬢としての教育は途中になってしまったから、時々自分の動作がみっともないのではないかと気になるのだ。

もしかしたら、個人的に家庭教師をつけた方がいいのかもしれない。外に出かける予定はないが、カトリーナの前でみっともないところは見せられないし。

なんて考えていたら、侯爵がとんでもないことを言い出した。

「君に声をかけたのは、私達の養子にならないかという話をしたかったからなんだ」

「養子……私が、ですか？」

思わず問い返すと、ふたりともいい笑顔でうなずく。なぜ、そんな申し出をされたのかがわからずに、ベスはうろたえた。

「前から考えてはいたんだ。今は、エヴァンの親戚ということになっているだろう。それでも問題はないのだが」

「私達の養子になった方が、あなたの身を守れると思ったの」

この国では、裕福な平民が貴族の家に入る、あるいは貴族が平民の家に入るというのは、比較的よく見られるらしい。当人同士の気持ちの問題で、平民から侯爵家に嫁いだ例も存在するのだとか。

法律上の問題がないとはいえ、それはそれ、これはこれである。

貴族に嫁いだ平民出身者が苦労するなんて話は珍しくない。そもそも、貴族と平民では受ける教育からして違っている。

もちろん、貴族の家に嫁入り、あるいは婿入りする際には教育をやり直すのだが、それにしたって幼い頃から学んで身に沁みついているあれこれはもうどうしようもない。

その時、どこの家が後ろ盾になっているかで大きく変わる。

「どうしたって、偏見の目は捨て去ることができないでしょう」

「……そうかもしれませんね」

ベスにも、覚えがないとは言わない。

生活魔術を授かって、家族の中でさげすまれる存在になってしまった。

魔術の腕を磨いて、伯爵家の家事をほぼすべてベスひとりで行うようになってもまだ、家族のベスを見る目は変わらなかった。

落ちこぼれという目は、魔術の腕を磨いた程度では変えることはできなかったのである。

「エヴァンの家より、我が家の方が周囲の牽制になるだろう。私達は、君の後ろ盾になりたいんだ。君を守るためにも、子供達を守るためにも」

「侯爵様……」

一瞬にして目が潤みそうになるのを、瞬きを繰り返すことで追い払った。ベスのことを、こんな風に気遣ってくれる人に出会えたのは幸福だ。

あの時、立ち往生していたヴィンセント達に自分の持っている技術を提供しただけなのに、こんな形で役立つなんて。

「どうだろう。考えてみてはもらえないだろうか」

「私達の息子はもういないでしょう。娘を迎えるのもいいのではないかと思ったのよ」

「孫達が成人するまで、私達は生きていられないかもしれないからね」

侯爵が遠い目になったのは、ベスとヴィンセントの結婚の事情について思いを馳せたからかもしれない。

子供達を愛し心配していても、侯爵が病気だったために、子供達を侯爵家で引き取ることができなかった。

今、こうして公爵家に滞在しているのも、子供達の様子を間近で確認するためである。ベスと子供達の信頼関係を確認しての提案だろう。

「よろしいのでしょうか？」

「もちろん。それに、私達も王都で暮らそうと思うの。領地のことは、信頼できる者に任せられたし」

侯爵の従兄弟にあたる男性が、代官の役を引き受けてくれたそうだ。ザカリーが侯爵位を継ぐまでの間、しっかりと管理してくれるという。

「毎年領地に戻るのは無理かもしれないが、彼が帳簿を持って王都まで来てくれると言うし」

「二年に一度は、なんとかして戻って視察しようと思っているの」

侯爵夫妻は、微笑んだ。たしかに領地のことは、心配しなくてよさそうだ。

（……後ろ盾は必要ないと思っていたけれど）

そもそも当初の決まりでは、ベスは社交の場には出ないはずだった。だから、後ろ盾なんて必要ないと思っていた。

けれど。

先日の、ヴィンセントの言葉が、耳の奥によみがえる。

ベスのことを好きになった、と彼は言ってくれた。

本当の家族になりたい、とも。

ベスが彼の言葉を受け入れたから、ヴィンセントとベスの関係も変わってくる。きっと、人前に出ることも増えるだろう。

「ヴィンセント様に相談してからでもよろしいでしょうか？」

ベスにとってはありがたい話であるが、ヴィンセントがどう判断するかは別問題だ。すでにエヴァンの親族の家の養子になっている。

言葉にしなくても、ベスが何を考えているのかは侯爵夫妻には伝わってしまったみたいだった。顔を合わせて、互いにうなずき合う。

「もともとこれは、ヴィンセントの頼みだから、断られることはないと思うよ」

「そうだったんですね……」

ヴィンセントが、そこまで根回しをしていたとは思わなかった。

口元に手をやって、表情を隠そうとした。まだ、きちんとした返事をしていないのに、彼の好意がこんなにも嬉しい。

「……ありがとうございます」

立ち上がって、一礼する。

侯爵夫妻の気持ちは嬉しい。ヴィンセントにも、きちんとお礼を言わなくては。

そこからどうやって、執務室に行ったのか、ベス自身にもわからなかった。足取りが妙に軽くて、頭がふわふわとしている。

勢いあまって扉の前まで来てしまい、そこで立ち止まった。

（……私、みっともない顔をしていないわよね……？）

今、自分がどんな顔をしているのか。鏡を見ていないからわからない。

でも、妙に浮かれた表情をしていないかがここまで来て気になってしまった。

扉の前で胸に手をやり、深呼吸を繰り返す。肩にぎゅっと力が入っているのがわかってしまった。

大丈夫だ、問題ない。落ち着いて、ヴィンセントと話ができる。

そう判断したところで、扉をノックしようとしたら、すごい勢いで内側から開かれた。

「わあっ！」

色気のない声があがってしまう。扉を開いたところで、エヴァンが固まっていた。そこにベスが立っているとは、想像もしていなかったらしい。

「ベス様、すみませんっ！　そこにいると思わなくて」

「ちょっとびっくりしただけ」

申し訳なさそうな顔になるから、ベスも首を横に振る。扉に体当たりしたわけでもないし、気持ちの問題なのだ。

それに、今びっくりしたことで、緊張も不必要なうきうき感もいい具合に消し飛んだ。大丈夫だ。問題はない。

「ヴィンセント様。今、お時間いただけますか？」

勢いあまってここまで来たものの、改めてヴィンセントの前に立つと思ったら、急に緊張感が込み上げてきた。

「本当にすみませんっ、ああ養子の件ですよね！　うちは問題ないんで！」

と軽く口にしたエヴァンは、バタバタと行ってしまった。何をそんなに急いでいるのやら。

彼の後ろ姿を見送っていたら、執務室で机に向かっていたヴィンセントが、立ち上がってベスを招き入れた。

「いいよ、ベス。君のためになら、いつだって時間は作れる」

「侯爵からお話を伺いました。私には、後ろ盾が必要だから、と」

「余計なことだったかな？」

申し訳なさそうに、ヴィンセントは眉を下げた。ベスは首を横に振る。

余計なことなんてない。問題は、ベスにある。

「お話は大変ありがたいです。でも、正式にお返事をする前にヴィンセント様にはきちんとお話をしないといけないことがあるんです」

ヴィンセントには、貴族の出自だということは話してある。けれど、嘘をついた。

没落貴族の娘だ、と。もう家族はいないと誤解させるようにもふるまってきたつもり。

国境を越えた隣の国の話だし、当初の約束では、ベスは形だけの妻。社交の場に行く必要もないという予定だった。

けれど、事情は変わった。

もし、ヴィンセントの気持ちを受け入れたなら、ベスも社交の場に出る必要があるだろう。

これから先、子供達の友人関係を作っていく必要もある。

そうなれば、オルディス伯爵家の娘であると知られる可能性もある。それが、ヴィンセントの足を引っ張ることになったなら。

「それは、俺が聞いていい話かな」

「聞いていただかないと……本当は、もっと早くに話しておくべきだったのかもしれません。だけど、口にしてしまったら、ここを出ていかないといけないと思ったら怖くて」

この屋敷でベスが過ごした時間はさほど長くないけれど、生まれた家よりもこの屋敷の方がずっと居心地がよかった。

子供達がベスに向けてくれる愛情、ヴィンセントの愛情、使用人達との間にだって、たしかな絆を結びつつある。

それらすべてを捨てて、再び自分の居場所を探しに行くなんて、できそうになかった。

「以前、お話をしたことがありましたよね。家が没落したから、元貴族だ、と。でもそれは嘘なんです」

「嘘」

「はい。私の本当の名前は、エリザベス・オルディス。オルディス伯爵家の娘です。家は没落していません。私が家を出たのです」

それを聞いたヴィンセントは、顎に手を当てて思案の表情になった。

隣国とはいえ、ある程度貴族の家名ぐらいは把握しているだろう。ベスの予想通り、彼はひとつうなずいた。

「歴史のある家だな。属性魔術を授かる者が多いと聞いている」

「その通りです」

ベスはこわごわと口にしたけれど、ヴィンセントは動じていなかった。けっこう、衝撃の告白だと思ったのに。

「令嬢しかいなくて婿を探すという話だったな」

「それは異母妹ですね。私が長女ですが、私は外に出されることになっていました」

疑問を覚えているヴィンセントに、ベスはベスの目から見たオルディス家について語った。

もしかすると、伯爵の説明では、違う話になるかもしれない。

「私が生活魔術しか授からなかった時、伯爵は私に失望したのです。もともと、愛されている娘ではありませんでしたから」

もう父とは思っていない。赤の他人だ。あちらだって、きっとそう思っている。

ヴィンセントの前で嘘はつけなかったから、ベスは正直に語った。

生活魔術しか授からなかったから、伯爵をがっかりさせてしまったこと。母が亡くなってすぐ、今の伯爵夫人とアンジェリカが屋敷に入ったこと。

生活魔術しか使えないことから、使用人の仕事を押し付けられてきたこと。

それでも家を出る気はなかったが、父が決めた縁談があまりにもひどいものだったから、生家を飛び出したこと。

「命が惜しいと思ってしまったんですよねぇ……」

「そんなの、当たり前だろうが！」

ヴィンセントは怒りを露わにした。

伯爵がベスを夜会に連れ出したのは、できるだけ高く売りつけられる相手を探すため。

本当に娘だと思って大切にしていたのなら、もう少しましな扱いをしてもらえただろう。

「私はもう、気にしていないのですが」

「そこは気にした方がいい……だが、ベスは報復は望まないのだろうな」

「関わり合うだけ、無駄だと思うんです」

そっと、視線を落とす。

ベスの方を見てほしい、ベスの話を聞いてほしい。

そう願う期間は、とっくに終わってしまった。

もし、今、あの家がつぶされたと聞いたとしても、ベスは何とも思わない。気持ちはもう、あの家から完璧に離れている。

「ヴィンセント様のお気持ちは嬉しいです。ケンドリック侯爵夫妻のご配慮も。できれば、お受けしたいです……でも」

もしかしたら、ベスと生家の関わりが、公爵家に迷惑をかけることになるかもしれない。それを思えば、ヴィンセントの気持ちをそのまま受け取るのは怖かった。

「問題ない。ベスはもう、立派に我が国の民だ。隣国の貴族に文句なんて言わせない」

ヴィンセントの言葉に、胸の重しが取れたような気がした。一気に視界がぱっと開けたようにも思える。

ベスが明らかにほっとした表情になると、ヴィンセントは片方の口角を上げた。

「それに、俺は最初から知っていたんだ」

「……え？」

「ベスから言うまで、俺から言わない方がいいだろう、と考えていた。いつか、君が俺を信頼して俺に話をしてもいいと思えるまで待っていた」

王宮の夜会で、ベスがオルディス伯爵家の娘であるということは知った。そのあと、ベスが奉仕活動に行っていた施設でもベスを見かけたそうだ。

結婚を申し込んだ時知っていると口にしなかったのは、あの場でベスを追い詰めないようにするため。

「……よろしくお願いします、ヴィンセント様」

「こちらこそ……俺は、君を愛している」

不意打ちでそんな言葉を投げられて、ベスの顔が一気に熱くなった。

どうしよう、この場合、なんて返したらいいのだろう。

頭が真っ白になったままその場で固まっていたら、くすくすとヴィンセントが笑う。

「君はそのままでいい」

「……はい」

どうしよう、こんなにも胸が温かい。いや、熱い。

そっと右手を胸に当ててみる。

刻んでいる鼓動は、いつもよりもずっと速くなっていた。

私は、彼を愛している。
子供達も愛している。
ここで、幸せになってもいいのだろうか。
（いいえ、幸福になりたい……なれるわ）
ベスは心の中で、自分にそういい聞かせた。

# 第六章　冷遇されていた令嬢は、ママ母として茶会を開く

エリザベス・スタンレーにして、ケンドリック侯爵の娘。これが新しいベスの身分になった。もっとも、屋敷の皆にはベスで浸透してしまっているし、エリザベスという本名はもう過去のもの。今後は、公式の場でしかエリザベスと名乗るつもりはない。

正式に公爵の妻となった今、社交活動は無視できない。

最初は小さな茶会にでも出席してみようかと思っていたのだが、まだ、子供達のお披露目も終わっていない。

結局、公爵家で子供達のための茶会を開くことにした。これなら、公爵家の内部だから、何があったとしてもすぐに対応できる。

今、ベスは子供部屋で招待状を書いているところだった。部屋で書こうとしたら、子供達が子供部屋で書くように要求してきた。断る理由もないので、子供部屋のテーブルを借りている。ザカリーとニコラスは人形で遊び、カトリーナはベスの側でカードを用意したり、書き終えたカードを乾かすために移動させたりと手伝ってくれている。

ベスの知人を増やすため、ベスと同じ年頃の令嬢にも、参加してもらうことにした。招待状を書くベスの手つきは慣れたものである。

（伯爵家にいた頃は、これが当然だと思っていたけれど……本来は、当主夫人の仕事なのよね）

生家にいた頃、継母やアンジェリカは、茶会や夜会を開く度に招待状をベスに書かせてきた。

実は、もうこれも魔術で対応できる。

けれど、今回はベスが主催となる初めての茶会。不手際があれば公爵家の顔に泥を塗りかねないため、一通一通丁寧に招待状を記していく。

「ママ、お茶会を開くの？」

「ええ、カトリーナさんのお友達も見つけないといけないし」

「私、お友達はいらないわ。それより、ママのお手伝いの方を頑張りたいの」

「そんなこと、言わないで。同じ年ぐらいの友達がいたら、きっと楽しいと思いますよ」

とは言ったものの、ベスに友人はいない。幼い頃は仲のいい子もいたけれど、使用人として扱われるようになってから、すっかり縁が切れてしまった。

「私達も、準備をお手伝いしますから。カトリーナ様もお友達を作ってはいかがでしょう？」

側にいたルーシーは、そう言いながら茶会で着るドレスを選ぶためのデザイン帳をテーブルに出した。カトリーナはまだ納得していない様子だったが、それを眺め始めたら、一気に機嫌がよくなる。

足をぶらぶらさせながら、ページを熱心に捲《めく》っている。

（……本当、この屋敷の人達は、子供達を愛しているのね）

屋敷で暮らしている人全員が、子供達を総出で大切にしている。これで、子供達がすくすくと育っていた理由に納得した。

「ママの字は、とても綺麗なのね」

デザイン帳を捲りながらちらちらとベスを見ていたカトリーナが、不意にそう漏らした。

子供達の前で字を書く機会はほとんどなかったから、カトリーナがベスの書体を見るのは初めてだ。

「たくさん練習したら、綺麗な字が書けるようになるかしら」

「たくさん練習するのも大事だし、心を込めて書くのも大事ですよ」

「心？」

「今回は、カトリーナさんやザカリーさんのお友達になってくれそうな子をお招きしているの。仲良くできたらいいなって思いながら書いているのですよ」

そう説明したら、カトリーナは目を丸くした。

「ママ、僕もおもてなし、する」

姉の側でおとなしくニコラスと遊んでいたザカリーが顔を上げる。

このところ、急にお兄さんとしてふるまうことが増えてきた。

「そうですねぇ……」

さすがに招待状を書くのに子供達の手を借りるわけにはいかない。

どうしようかと思ったけれど、カトリーナの顔を見ていたらひらめいた。

「それなら、お茶会でお出しするお菓子を選ぶのはどうかしら。皆が好きなお菓子屋があったでしょう」

いつか、カトリーナがひとりで行ってしまった菓子店。

あの店の焼き菓子は、子供達のお気に入りだ。茶会で出す菓子に、あの店の焼き菓子を追加してもいい。

どこの店の品かと興味を引ければ、菓子屋の宣伝にも繋がる。今後も贔屓《ひいき》にしたいので、店がつぶれずに繁盛してくれた方がありがたい。

「そうする！　ママも一緒に行く？」

「いいえ。ルーシーさんにお願いして、皆で行ってきてくださいな。今日のお茶の時間に出せるようヴィンセント様と私へのお土産も探してもらえると嬉しいです」

「任せて、ママはどのお菓子が好きか、私ちゃんと知っているんだから」

外出用のドレスに着替えなければと、まずはカトリーナがバタバタと出て行く。一緒に出て行きかけたザカリーは、くるっと向き直った。

「ニコも行こう？」

「うん！」

ニコラスは、兄の差し出した手に素直に掴まる。床の上に人形を放置し、男の子ふたりも出て行った。

「私も支度をしてきます」

ルーシーが、ベスの方を振り返る。

「ごめんなさい、急にお願いしてしまって」

「いいえ。いい考えだと思います。お子様達も、ベス様のお手伝いをしたくてしかたがなかったのですから」

だから子供達は、ベスが招待状を書いている間も、子供部屋にいるよう要求してきたのだ。

子供達の気持ちは嬉しいから、ベスもあえて自室に引きこもろうとは思わなかった。

「お茶会でお渡しするお土産の品も選んでもらうというのはどうかしら」

「そうですね。では、候補を見繕っておきます。ベス様が確認したあとで、お子様達に選んでもらえばよろしいかと」

茶会の時には、ちょっとした土産を渡すのが通例だ。

女性同士の茶会だったら、茶会で提供した茶葉やジャムだったり、新発売の化粧品だったり。

独身の令嬢ならば、銀の栞を土産とすることもあるらしい。

たしかに、今回の茶会は子供達が主役。ならば、土産物を子供達に選ばせるのも悪くない。

「護衛は、エヴァンに頼みます。それでは、行ってまいります」

頭を下げたルーシーは、子供達のあとを追って出て行った。残されたベスは、手紙を書きながら考える。

（カトリーナさんと同じ年頃のお嬢さんだったら、栞もいいかもしれないわね。ザカリーさんやニコラスさんのお友達には、おもちゃかしら）

子供達に同行する夫人達には、公爵領で作られている石鹸がいいだろうか。

昔から製造されているのだが、ハーブが練り込まれていて美肌効果がある。

惜しみなくハーブを使っているために、かなり高価な品でもあり、平民は手を出すのもためらわれるのだとか。

銀製のケースに入れて贈れば、公爵家の土産物として恥ずかしくない見栄えにもできるはず。

必要な数のケースを揃えられるかどうか確認すること、と頭の隅に記憶しておく。

しばらくの間は、忙しい日が続くことになりそうだ。

＊　＊　＊

計画では、うまくいくはずだったのに。

オルディス伯爵は頭を抱えていた。できそこないの娘。彼女をどう扱おうが、父親なのだから問題ないはずだった。

何をしようが、エリザベスも逆らうことはなかった。

だが、どうだ。

今では、屋敷の中はすっかり荒れ果てている。

「お父様、まだ新しい使用人は入らないの？」

アンジェリカが唇を尖らせる。妻も、その横で困ったような顔をしていた。

愛人だった頃は、この困った顔が愛らしいと思っていたのだが、今となってはまったく頼りにならない。何もかもを任されても困る。

「そうよ。アンジェリカの支度を手伝ってくれる侍女ぐらい」

「そう言うな。アンジェの求める水準の侍女を雇うのはなかなか難しいんだ」

以前から、妻と娘の浪費が激しいのは気づいていた。

だからこそ、生活魔術を覚えていたエリザベスを使用人代わりに使っていたのだ。使用人を雇うための費用を、ふたりのドレスや宝飾品に回して。

だが、それでもまったく足りなかった。

古くなった宝石を売り、新しいものを買おうとすればまだ使うのだと駄々をこねる。宝石箱に入れたまま、ろくに出すこともしていないのに。

手が回らないのは、アンジェリカの支度だけではない。屋敷だって、そうだ。

以前より、明らかに手が回っていない邸内。窓ガラスも、以前はピカピカに輝いていたのが、今は汚れだらけ。

庭園だって、草がぼうぼうに生い茂っている。

「だって、お父様。ミュルド伯爵から、お金をいただいたのでしょう？」

「それは返したし、慰謝料だって支払ったんだ」

エリザベスが逃げたため、伯爵家から莫大な慰謝料を求められてしまった。

爵位だけで言えば同じ伯爵家だが、嫁ぐのを嫌がった娘が失踪したとなれば、莫大な慰謝料を求められても当然だ。

たとえ、その婚姻が、娘にとって好ましいものではなかったとしても。一度した約束を違えた責はこちらにある。

屋敷が荒れ果ててしまっても、出てくる料理が以前より明らかに低品質であっても、それを解消するだけの財力は、今の伯爵家にはなかった。

（こんな時でも女達は……）

腹立たしいことに、妻もアンジェリカも、屋敷のことには手を出さず、華やかに着飾ってはせっせと社交に精を出すだけ。

アンジェリカが誰か高位貴族を捕まえてくれれば、今を乗りきることもできるのだが、アンジェリカを本気で妻に迎えようという相手にはまだ出会っていない。

いや、アンジェリカが嫌がって話が進まないのだ。第三王子にすっかり夢中で、彼の心を射止めようという令嬢達の中に完全に交ざってしまっている。

（第三王子も第三王子だ。アンジェリカにさっさと決めればよさそうなものを……）

王子妃に内定すれば、王宮から支度金が贈られる。その支度金もまた、伯爵家の財政を改善するのに一役買うはずだった。

だが、ないものねだりをしてもしかたない。

まずは、エリザベスを取り戻さなければ。

今までオルディス伯爵家では必要なかったけれど、そう言った仕事を専門に引き受けてくれる冒険者組合に依頼をすることにした。

すぐに見つかるだろうと思って依頼を出したが、エリザベスの行方は知れなかった。

王都にいるものと思っていたのに。不在に気づくまでに時間がかかってしまったのが、行方を追いにくかった原因だ。

最初のうちは、いなくなってもいいと捜すことすらしなかったのが尾を引いた。行方不明になってすぐならばともかく、時間が立てば立つほどあとを追うのが難しくなる。

エリザベスがいなくなってから三か月。

朝食の席でおっとりとアンジェリカは首を傾げた。

「お父様、最近、料理人の腕が落ちているのではなくて？」

「……それは、前の料理人がやめてしまったからだよ」

「なんで？」

伯爵家の朝食は、メニューだけは以前と同じだ。

だが、茹で卵は茹ですぎで硬くなっているし、パンはパサパサ。野菜もなんだか水っぽくて、食が進まない。同じ食材を使っていても、以前とは雲泥の差だ。

「我が家の給金ではやっていけないそうだ」

「せっかく伯爵家で働けているのに、やめるなんて愚かね」

と、妻が笑う。

愚かなのはどちらだ、と伯爵は心の中で苦い思いを噛み締めた。平民出身の妻からしたら、貴族の屋敷で働けているだけですさまじい栄誉を料理人に与えているという認識なのだろう。

だが、本当はそうではない。

腕のいい料理人は、どこに行っても仕事がある。伯爵家が今まで雇っていた料理人もそうだ。貴族の屋敷で働くことにこだわらない者も多い。

「さっさと朝食をすませなさい」

ふたりにそう言っておいて、冒険者組合からの報告書を受け取る。『ベス』の名で冒険者登録をした娘が、その日のうちに旅立っていったそうだ。

得意なのは生活魔術。王都を出て、派遣使用人組合に登録し、そこで住み込みの仕事を探すつもりだと語っていたようだ。派遣使用人組合では、該当する娘を見つけることはできなかった。

それから、オルディス伯爵家の娘エリザベスの名で、宝石を処分したメイドらしい若い女性がいたということも判明している。

買い戻してみれば、それはたしかにエリザベスの母の形見であった。

（思っていた以上に、手際がいい……！）

歯噛みするが、後手に回ったのは伯爵自身のせいでもある。

だが、どうして想像できただろう。

仮にも貴族の令嬢が、さっさと冒険者登録をし、その日のうちに宝石を金銭に変えて王都を離れるなんて。

手放したのは、前の伯爵夫人、エリザベスの母親が娘に遺した形見だ。

それを手放すにあたって、娘がどれだけの胸の痛みを覚えたのかなんて、伯爵はまったく考えていなかった。

彼の頭にあるのは、まるで飼い犬に手を噛まれた時のような悔しさだ。

どうして、エリザベスは逃げ出した？

どうやったら、あの娘を取り戻して、もっと高く売れる相手を見つけられる？

そうやって伯爵が頭を抱えている間に、隣国からの噂が伝わってきた。

隣国のスタンレー公爵が妻を迎えたらしい。こちらの国に赴いた時に、結婚相手を探していたけれど、決まらないまま国に戻っていった。

いくら公爵家とはいえ、アンジェリカを嫁がせるには不足な相手だと思っていたから、国に戻ったと聞いた時にも何とも思っていなかった。

だが、いなくなったエリザベスの足取りを追っているうちに、どうやら公爵に拾われたらしいということが判明した。

居場所がわかれば、次の手を打てる。やりようなんていくらでもある。

たとえば、貴族としては、あくどい手法をとってでも望みをかなえてくれる者のひとりやふたり、抱えているものである。

だが、エリザベスは公爵家からめったに外に出てこない。たまに、買い物に出かけることはあるが、常に腕利きの護衛や公爵本人が一緒だ。

屋敷で何か騒ぎを起こし、騒ぎに乗じて、エリザベスを連れ出してしまえばいい。貴族の娘のひとりやふたり連れ出すのは、そう難しいことではない。

計画は、きっとうまく行く。伯爵は、手を回すことにした。

＊　＊　＊

準備を進めることひと月。ついに、茶会の当日となった。

天気が悪ければ大広間を解放するつもりだったのだが、今日はいい天気だ。風も心地よく、過ごしやすい気温である。

庭園にはテーブルや椅子が並べられ、茶会の会場となった場所にはぐるりと柵を巡らせてある。この中ならば、子供達が走り回っても迷子になる心配はない。

会場内にある池にも臨時で柵をもうけたし、いつも以上に警備も厳重だ。

茶会の会場の外にも柵がもうけられている。そして、茶会が始まったならば、一番外には番犬達が放たれる予定だ。

たいへんよく躾けられているので、外部からの侵入してくる者には反応するが、招待客に犬が吠えかかることはない。

「これで、準備は万全ね！」

綺麗に飾り付けられた会場を見回し、ベスは満足げに息をついた。

「ママ、ティーセットは、本当にあれでよかったの？」

「あら、カトリーナさんが選んだのでしょう。立派なおもてなしだわ」

カトリーナが選んだのは、銀のティーセットである。

子供が落としてしまっても、銀ならば割れることはない。使用人総出で磨き上げたので、ピカピカに輝いている。ベスも手伝った。

（こんなにもたくさんのティーセットが揃っていることにも驚きだけれど）

今日の招待客は皆裕福と聞いている。

銀のティーセットに今さら驚くこともないかもしれないが、これだけの数を揃えているとはびっくりだ。

しかも、倉庫にはまだまだあるという。いったい、何人の招待客を招くつもりで代々の公爵夫人はティーセットを集めてきたのだろう。

会場に飾られている花もまた、子供達が選んだもの。

子供達へのお土産は、栞とお菓子、それからおもちゃに決めた。

ザカリーが選んだおもちゃは、小さなボールである。

最近発売された新商品らしく、とにかく弾む。いったん投げると、どこに弾んでいくかわからないため、追いかけ回すのが大変だ。

ニコラスもたいそう気に入った様子で、土産に選んだボールよりも二回りほど大きいのを、このところどこに行くにも抱えていた。

問題ないかあちこち見回しているうちに、招待客の集まる時間である。

「……緊張してきた」

カトリーナが小さくつぶやいた。彼女でも、緊張することがあるらしい。

「あなたなら、大丈夫。私の服、乱れてないですよね」

「大丈夫よ、ママ」

今日のベスは、子供達とお揃いの服を身に着けていた。

選んだのは赤を基調としたドレス。ベスの髪の色を思えば普段は選ばない色合いなのだが、カトリーナが赤がいいと主張したのだ。

真っ赤ではなく、ややピンクに寄っていることで派手すぎる印象はない。

ドレスの色が髪色に少し合わないため、ベスのドレスには白いレースを重ねてあった。レースを透かして下の色を柔らかな印象にしている。

カトリーナは、同じ布で仕立てた茶会用ドレス。カトリーナの方は、レースは襟元と手首だけ。そのかわり、スカートは何段ものフリルになっていてとても可愛らしい印象だ。髪にも、お揃いのリボンをあしらっている。

ザカリーとニコラスは、茶色の上下で揃えている。ふたりの服は、まったく同じデザインだ。

上着の袖に、赤い布がぐるりと縫い留められていて、アクセントになっている。この布が、ベスやカトリーナとお揃いなのだ。

ヴィンセントは、今日はあとからの参加だ。

領外からやってきた商人と、領内の商人の間で何やらトラブルが発生したらしい。

本来なら屋敷に双方を呼んで話を聞くのだが、今日は客人を招いているからと、別邸にふたりを呼んで話をしているところ。

終わり次第、こちらに駆けつけてくる予定だ。

「ようこそ、おいでくださいました。楽しんでいただけたら嬉しいですわ」

貴族としての仮面を張り付けて、ベスは招待客達を出迎えた。

小さな子供達に、その保護者達。ベスと同じ年頃の令嬢もいるのは、子供達の姉や従姉妹などが保護者枠で参加しているからだ。

ベスの交友関係を広げるのに、若い令嬢も一緒に来てくれたのはありがたいと思っていたけれど、なんだか雲行きが怪しい。

『今日は若い方達だけでどうぞ』とベスの養父母になったケンドリック侯爵夫妻は、屋敷の中で過ごしている。

ベスや、ヴィンセントだけでは対応できないような何かがあれば救いの手を差し伸べてくれるとは言っていたけれど、ふたりの手を煩わせるつもりはない。

子供達は、付き添いの侍女や、公爵家の侍女が見守る中、早速遊びに興じている。今日のために、庭園には外遊び用のおもちゃも出しておいた。

ボールを蹴り始める者、縄跳びを身体に巻きつけている者、おもちゃには手を出さず、花壇の花をじっと見つめている者。子供達の過ごし方も様々だ。

「あなた、どこの家の令嬢なのかしら？　公爵家と我が家の間で、お話をしていたのですけれど」

先頭きって声をかけてきたのは、侯爵家の令嬢だ。母親と侍女と共に妹の保護者として参加している。

身分の点でも、年齢の点でも、ヴィンセントとは釣り合う相手だ。ぽっと出のベスが気に入らないのはしかたない。

「ケンドリック侯爵家の者です」

嘘は言っていない。

侯爵夫妻との養子縁組については、先日無事に成立している。もともとの出身がこの国ではないだけで、今のベスは侯爵家の娘だ。

「あ、あの家には跡取りの方しかいなかった……」

と、そこまで口にして、跡取りだった夫妻は亡くなっているのに気づいたらしい。侯爵令嬢は、慌てたように口を閉じた。

「ええ、養子です。侯爵夫妻がぜひにと迎えてくれましたの」

「……そう」

侯爵夫妻がベスを受け入れているのであれば、これ以上文句は言えないと思ったのだろう。言えないだけで、表情では如実に「面白くない」と語っている。

「ですが、まだ、お披露目はしていないでしょう？」

と、割って入ったのは別の令嬢だ。たしか、伯爵家の娘だったか。

お披露目をしていないのなら、まだ割り込める余地はあると思っているのだろうか。

「……事情がありますの。今、ヴィンセント様と相談をしているところです」

まだ、先代公爵の喪もあけていないし、ヴィンセントの姉夫婦だって亡くなったばかり。書類上整える必要があって、結婚はしたがまだお披露目にはいたっていない。今日が子供達の正式なお披露目で、非公式なベスのお披露目だ。

ベスは、心の中でため息をついた。このあたりの事情、貴族令嬢ならば心得ていてもよかったのではないだろうか。

若干の嫌味をぶつけられながらも、テーブルに並べた茶も菓子も招待客達を満足させたようだ。

クッキーは子供達が選んだのだとベスが誇らしげに告げれば、招待客達も「さすがですわ」と返してくる。

このあたりのやりとりは貴族としての嗜みなので、ありがたく子供達への誉め言葉だけ受け取っておく。

保護者達が一応交流をはかっている間に、子供達もそれぞれいくつかのグループに分かれて遊び始めたようだった。と、そこへニコラスの高い声が響いてくる。

「ニコのママだもん！」

「ママの悪口を言うな！」

続くザカリーの大声。

少女達と話をしていたカトリーナが弾かれるように立ち上がって、弟達の方へと駆け寄った。

うわーんと激しく泣いているニコラスに、その側に立ち尽くして唇を震わせているザカリー。その前に立っているのは、ザカリーより少し年長の男の子だ。たしか、カトリーナと同じ年だったはず。

「何をやっているの！」

悲鳴じみた声をあげて、男の子の母親が駆け寄る。

「だって、ママのこと悪く言った！　ママハハは僕達を苛めるって！　そんなことしてないのに！」

ザカリーが地団太を踏み、男の子の方を指さしながら叫んだ。

「ママ！　ママ！」

兄の横で、同じように足をじたばたさせながら、ニコラスがベスを呼ぶ。

「はーい、ママですよ！」

ベスは、ニコラスを抱き上げた。涙をぼろぼろと零しているニコラスを、ベスはぎゅっと抱きしめる。ベスの服を掴むニコラスの手は、涙で濡れていた。

「カトリーナ様、本当にエリザベス様に意地悪はされていないのですか？」

別の令嬢が、気を遣ったかのようにカトリーナに言った。カトリーナは、ついと顎を上げた。

「私達のママが、そんなことをするはずないでしょう？」

片方の手でニコラスを抱き上げたベスは、カトリーナの肩に手を置いた。

「カトリーナさん、皆さん、心配してくださっているのですよ」

「……でも！」

カトリーナの目に、悔しさが滲んでいる。

「そうねぇ……それなら、意地悪しちゃおうかしら」

にやりとしたベスの言葉に、「え？」と、今まで泣きわめいていたザカリーとニコラスは、揃ってきょとんとした顔になった。カトリーナも。

「……ほーら、意地悪しちゃうぞ！」

指をひょいと振る。こんなこともあろうかと、事前に用意しておいたのだ。柵の外に用意してあった洗剤液からシャボン玉を作る。

それも、とんでもない数のシャボン玉だ。視界が奪われるほどの大量のシャボン玉が、子供達の間を縦横無尽に駆け巡る。

ちゃんと、事前に準備しておいてよかった。

「ほらほら、避けないとシャボン玉が割れちゃうぞ！」

ベスの言葉に、口をぽかんと開けて見ていた子供達は、いっせいにきゃあきゃあと言いながら逃げ始めた。今度のは悲鳴ではなく、楽しんでいる声だ。

シャボン玉を割ってしまおうと、自分からシャボン玉の中に突っ込んでいく子もいる。

（備えあれば憂いなしってこのことね）

ベスの生活魔術でできることは、限られている。他の人の思う生活魔術の範囲からは外れていても、事前の準備がなければうまくいかないのだ。

「意地悪しちゃうぞ！」

ベスが指を振ると、シャボン玉は一気に空高く舞い上がる。まるで、竜巻に巻き込まれたみたいに。

いったん高い位置まで舞い上がったシャボン玉を、子供達は口をぽかんと開けて見ていた。と、次の瞬間には、再び子供達目がけて舞い降りてくる。

「ママに意地悪されたー！」

「いじわるされたー！」

きゃっきゃとザカリーとニコラスがはしゃぎ、両手を上げて駆け回る。

「意地悪された！」

「ママに意地悪されてる！」

招待されている子供達まで「ママ」「ママ」と言いながら走り回り始めた。きゃあきゃあと笑い声が響く。

やがて、パチンパチンとシャボン玉が割れていくと、笑い声は残念そうな声へと変化した。

「公爵夫人、今のは……？」

保護者として参加していた夫人のひとりが、こわごわといった様子で声をかけてくる。

「ただのシャボン玉です。私の魔術で、大量に発生させただけ……子供達に喜んでもらうには、どうしたらいいのか、私すごく考えたんですよ。カトリーナさんにも、ザカリーさんにも、ニコラスさんにも幸せでいてほしいから」

静かなベスの言葉に、参加者達はしんと静まり返った。カトリーナが、側で泣きそうな顔をしている。

「公爵様は、子供達と血の繋がりがありますが、私はありません。継母と言われれば、そうなのでしょう……でも、血が繋がっていなくても、愛することはできるのです」

それを聞いた令嬢達が、面白くなさそうな顔で離れていくのが視界の隅に映る。ベスは、パンと手を打ち合わせた。

「走ったら、お腹が空いたでしょう。皆、おやつはどうかしら？」

子供達に向かって声をかけると、ぱたぱたといっせいに集合する。その様は愛らしい。

「シャボン玉、もっとできる？」

「また見せてくれる？」

「大きいのは作れる？」

男の子達は、ベスに興味津々だ。順番に彼らの相手をしながら、ベスは小さく笑った。

「シャボン玉用の液を用意してもらいましょうね」

「公爵夫人は、生活魔術しかお持ちではないのですね」

とたずねたのは、ヴィンセントに娘を嫁がせたがっていた夫人である。

「ええ、でも悪くありませんわ。私は、魔物退治に行くわけではありませんもの。子供達とこうして遊ぶのに使えますから」

穏やかな声で返せば、相手はむっとした顔になる。この国でも、属性魔術の方が尊いと判断する者はいる。そういった人にあたっただけのことだ。

けれど、そこに割り込んできたのはカトリーナだった。

「私も生活魔術よ。何か、言いたいことはあるのかしら？」

しまった、とばかりに相手の顔が引きつった。

ベスを貶《おとし》めたかったのかもしれないが、カトリーナも生活魔術を授かっている。カトリーナもまた貶めたことになるとようやく気づいたようだった。

「ベスお義母様、あちらに行きましょう。お相手するだけ無駄だわ」

年下の少女に吐き捨てられ、相手はますます顔を引きつらせた。

もし、ヴィンセントから家に抗議をされれば、彼女は家長から叱責されかねないということにようやく気づいたらしい。

「……あ、あの……」

まだ、もごもごと何か口ごもっているが、これ以上彼女に付き合う必要は感じられなかった。

「さあ、おやつにしましょう。今日は、いろいろ用意しているんですよ」

と、ベスが招待客に微笑みかけた時、警備についていた者達の声が聞こえてきた。

「魔物が発生しました！　避難を！」

続いて、悲鳴が聞こえてくる。ぶんぶんという音に、逃げ惑う子供達。

迷い込んできたのは、蜂の姿をした魔物だった。

ビッグビーと呼ばれる魔物で、三歳のニコラスと同じぐらいの大きさがある。

針は極太で、身体の小さな子供は、刺されると命を落とす危険性が高い。

「きゃあああっ！」

「いや！　来ないで！」

蜂の存在に気づいた令嬢達も大騒ぎだ。ベスは、息を吸い込んだ。

ここは公爵家だ。そして、ヴィンセントはまだ戻っていない。となれば、ここの責任者はベスである。

「皆さんは、屋敷の方に！　ルーシーさん、子供達をお願い！」

ベスは虫を攻撃する手段は持たないけれど、それなりにできることはある。警護にあたっていた騎士達も駆けつけてきた。

「ベス様もお屋敷に！」

「ええ、ありがとう！」

ここにいても、ベスは邪魔になるだけ。やるべきことをやったら、あとは専門家に任せるつもりだ。

（……たぶん、虫と一緒だから……）

虫の中には、濡れると飛べなくなるものも多い。それに、洗剤液は虫にとっては毒にもなる。

もちろん、大きな魔物を洗剤液で殺すことはできないだろうが、動きを鈍らせることぐらいはできるはず。

「……生活魔術！　お洗濯！」

シャボン玉用に、たくさんの洗剤液を用意しておいてよかった。

ベスの魔力によってバケツから飛び出した洗剤液が、ビッグビーに向かって襲いかかる。

攻撃用の魔術ならばともかく、洗剤が入っているだけのただの水だ。魔物も、ベスの魔術を脅威とは判断しなかったようだ。

よけもせず、頭から洗剤液をかぶってしまった。ぬるぬるとした液が、魔物の体になんらかの効果を発揮したようだ。

洗剤液をかけられたビッグビーが、地面に落ちる。バタバタと羽根を動かし、舞い上がろうとするが無理だった。

ビッグビーが洗剤液に弱いというのは、伯爵家で働かされていた頃、偶然知ったことだった。たまたま知り合った他家の使用人が教えてくれたのである。

まさか、こんなところでこんな形で生かすことになるとは想像もしていなかったけれど。

「今のうちに、お願いします！」

ベスが騎士達に声をかけるのと同時に、待ちわびていたヴィンセントの声が聞こえてきた。

「ベス！　下がれ！」

「はい、ヴィンセント様！」

ベスは、彼の言葉にしたがって勢いよく下がる。

ヴィンセントの左手に出現したのは、紺色に染められた革表紙の本。彼の魔術書だ。

「水魔術――水刃！」

彼が指を振ると、どこからか鋭い水の刃が飛び出してくる。水の刃は、魔物を鋭く切り裂いた。

「針に気をつけろ！　とどめを刺せ！」

ヴィンセントが指示を出し、警護にあたっていた者達が手際よく魔物にとどめを刺していく。

ヴィンセントは騎士として王宮に仕えているわけではないが、彼は剣の腕も魔術の腕も確実だというのは知っていた。

屋敷の中に退避した人達も、こちらの様子が気になっているようだった。広間の窓に張り付くようにして、こちらを見ている。

「お前、どうした？」

魔物の死骸を集めるよう指示していたヴィンセントのところに、公爵家で飼っている番犬が駆け込んでくる。ヴィンセントが声をかけると、犬は高く鳴いた。

今日、犬達は、二重に用意した囲いの外に放されている。めったなことでは柵を越えないようにしつけてあるのにここまで来たとは、よほどのことがあったらしい。

向こう側からは、番犬達が激しく吠えている声が聞こえてくる。

「ヴィンセント様！」

「任せろ！」

「はい！」

勢いよく走り始めた番犬のあとをヴィンセントが追う。騎士のうち、大半も彼の後を追いかけた。

ベスもそちらに行きたかったけれど、下手に動かない方がいいと様子を見守っている。

と、番犬達がいかにも堅気ではない風体の男達をこちらに追い立ててくるのが柵越しに見えた。ヴィンセントと騎士達がそちらに合流する。

「俺の魔物！」

叫んだのは、男達のうちのひとりだ。地面に落ちている魔物を見て、驚愕の表情をしている。

「俺の魔物に何をした！」

「何をって、洗剤液をかけただけですが」

素直なベスの言葉に、男達はぎょっとした顔になる。

「ビッグビーになんてことしてくれる！　最大の弱点だぞ！」

知っている。だから、かけた。

ビッグビーは虫ではないけれど、少しは弱るのではないかと思って。

招待客のうち、何人かはまだこの場に残っていた。ヴィンセントと男のやりとりを、興味津々といった様子で見守っている。

「それより、逃げなくていいのか？」

柵の向こう側からヴィンセントが声をかけると、男は肩を跳ね上げた。身を翻して逃げようとするが、逃げた先には番犬がいる。

男の身体から、犬達の方に魔力が流れていくのがベスには見えた。犬達に男の魔力が絡みつく。

「お前、テイム魔術の持ち主か！」

ヴィンセントが叫ぶ。動物や魔物を従わせるテイムは、冒険者達の間で重宝されている。

犬達は身体を低くし、男の魔力に逆らおうとする。けれど、じりじりと男の魔力は、番犬達の身体を縛り上げようとしていた。このままでは、犬達は男の支配下に置かれてしまう。

（……ええと、どうすればいいの？）

ヴィンセントが柵の方に駆け寄る。身軽に柵を飛び越えようとしている彼の目の前で、白い何かが先に柵を越えていった。

一瞬、ヴィンセントも男達も動きが止まる。

「生活魔術……洗濯物回収！」

響いたのは、カトリーナの声。白いものは、庭のテーブルにかけられていたテーブルクロスだった。

「カトリーナさん？」

ベスは驚きの声を上げる。カトリーナの授かったのは、『料理』だったはず。いつの間に洗濯までできるようになっていたのだろう。

洗濯物を取り込む動きを応用したもの。ベスと同じように、すでに魔術の応用を身に付けている。

「えーい！」

何をしようとしているのか、間違いなく男達はわからなかっただろう。一瞬、動きが止まる。

ばっと広がったテーブルクロスが、あっという間に男達を巻き込んでいく。

男の集中力が途絶え、犬達は男の魔力から逃れた。

「おい、やめろ！　何をするんだ！」

逃げようとした男の先に、テイムの魔力から逃れた番犬が回り込む。高い声で、リーダーが鳴いた。

と、一気にとびかかった番犬が、男達に体当たりする。足をもつれさせたところで、勢いよく上に乗り上げた。

「放せ！　放せ！」

ぐるぐるとシーツで巻かれた男達は、巻かれたまま暴れるが、抜け出せない。そして、カトリーナが声をあげた。

「ママ、やったわ！」

飛び跳ねているカトリーナに、室内の招待客達は驚愕の目を向けている。生活魔術をこのように応用するなんて、今まで誰も考えたことがなかったらしい。

他の人がいるのに『ママ』に戻ってしまっているが、今は気にしなくていい。

「カトリーナさん、危ないことをしてはだめです」

ベスが穏やかに言うと、カトリーナはしゅんとしてしまった。

ベスの魔術をあっという間に覚えてこういう形で応用できたのはすごいけれど、避難させたはずだったのに。

「……ごめんなさい」

カトリーナがしゅんとしてしまったので、ベスは彼女を抱きしめた。

「怪我はありませんか？」

「ないわ」

ベスの腕の中で、カトリーナはもごもごと言う。ならば、よかった。

「それなら……よかった。すごいですよ。本当に、すごい！」

「すごい？」

「ええ、あんなにももう魔術を使いこなせるなんてすごいです！　いつの間に、お洗濯を覚えたのですか？」

「……こっそりメイドに教わったの。びっくりさせたくて」

「びっくりしました。ものすごく……だけど、とてもすごいですよ！」

背中に腕を回したまま頬にキスしたら、カトリーナはくすぐったそうに笑った。反対側の頬にも口づけてから、ベスは立ち上がる。

「……お客様にお詫びをしなくてはなりませんね」

多数の客が集まっているところで、こんな事件を起こしてしまった。

「……ベス、頼む」

「お任せくださいませ」

ベスはヴィンセントに向かって力強くうなずくと、招待客達を改めて庭園へと呼び出した。

「お騒がせして、申し訳ございません」

「……そんなことありません」

ベスが頭を下げると、夫人のうちの誰かが口を開いた。

「ええ、見事に解決なさいましたもの」

別の夫人が同調する。

たしかに、魔物が屋敷に出現したが、あっという間に取り押さえられた。怪我人もいない。考えられる中では、一番いい結末を迎えられたと言っていい。

「ちょっとした余興を用意しましたの。どうぞ、あちらをご覧くださいませ」

使用人達が、会場の端に鉄板を持ち出していた。魔力で動く調理器具も。

子供達の目が、鉄板に吸い寄せられる。

「では――生活魔術、料理！　まずは、材料計測から！」

今までに何度もやってきたことだ。目をつぶっていても簡単だ。

小麦粉の袋から、小麦粉が飛び出す。砂糖の袋からは砂糖が。

ベスは指をくるりと回した。指の動きに合わせて、小麦粉と砂糖が踊り、計測したかと思えば、それぞれふるい器の中へ。あっという間にふるい終えると、器具は元の位置へと戻っていった。

また、指をくるり。

今度は、卵が次から次へと飛び出してくる。

「わあ」

と誰かが声をあげた。互いにぶつかり、割れた卵はボウルの中へ。殻はまた別のボウルへと。

泡だて器がしゃかしゃかと音を立てて、卵をかき混ぜる。牛乳を入れてよーく混ぜたら、砂糖、小麦粉、ベーキングパウダー。

その頃には、使用人達が鉄板を熱してくれている。鉄板の上でバターをとかせば、漂うのは食欲をそそる香り。すくった生地を鉄板へと落とす。

こわごわと、子供達が鉄板に近づいてくる。

一枚ずつ、綺麗にパンケーキが焼き上げられる。これもまた、魔術。

歓声が上がる度に、ベスもにこにことしている。

仕上げにジャムやシロップ、生クリームなどお好みのトッピングも。

先ほどまでの恐怖を、子供達はすっかり忘れてしまったようだった。パンケーキにすっかり夢中だ。

「さあ、召し上がれ！」

「お代わり、ある？」

「ええ、どうぞ！」

ベスの魔術に魅せられた子供達は、次から次へとお代わりを要求する。ベスは、ねだられるままに魔術を駆使し、パンケーキを焼いた。

はしゃぐ子供達は、先ほどの恐怖ももうすっかり忘れてしまったようだ。

パンケーキを食べ終え、再び遊び始めた時には、茶会が始まった時と同じような空気を取り戻していた。

「ママ、シャボン玉、もっとして！」

「任せて！」

ザカリーの願いに、ベスは張りきって魔術書を呼び出した。もちろん、シャボン玉の準備もばっちりだ。

「ねえさまも、ねえさまも、ちて！」

ベスがシャボン玉を飛ばすのを見ていたニコラスが、カトリーナの手を引いてねだる。

「いいわ！　ニコ、見てて！」

ベスは、カトリーナの横に膝をついた。目線を合わせ、カトリーナの魔力に自分の魔力を重ねていく。

カトリーナもまた、ベスに合わせるみたいにシャボン玉を作り出す。カトリーナが自在に魔術を扱うのに、茶会の出席者達からは感嘆の声があがる。

子供達は、もう恐怖を忘れたみたいだ。子供達は、先ほどまでの泣き顔ではなく、笑顔を浮かべている。

こうして、公爵家の茶会は、なんとか成功したのであった。

# 第七章　冷遇されていた令嬢は、王宮に招かれる

一晩たった公爵家は、昨日の騒ぎが嘘のように平和を取り戻していた。

ヴィンセントとエヴァンも、いつもの通り執務室に入っている。

「昨日の冒険者達から、話は引き出せたか？」

「いえ、まだです」

エヴァンに問いかければ、難しい顔をしている。

冒険者の中には、なりふりかまわずどんな仕事でも引き受ける者もいると聞いていたが、まさか公爵家に魔物を放つとは思ってもいなかった。

「どうする？　一応、陛下からも冒険者組合からも、公爵家に尋問は任せてくれるってことになってるけど」

「お前に任せていいか」

「任せてください。どんな手段を使っても、吐かせてみせるよ。俺、そういうの得意だし」

にやりとしたエヴァンが立ち上がった。

王宮に依頼すれば、専門に尋問を学んだ者や、尋問に適した魔術を授かった者を派遣してくれる。公爵家の使用人の中にも、尋問に使えそうな魔術を授かった者もいる。

彼らの手を借りれば、事情を探り出すのも難しい話ではないだろう。

エヴァンから報告があったのは、それから三日後のことだった。意外と冒険者達はすぐに吐いたのだが、そこから先をたどるのに時間がかかったようだ。

「オルディス伯爵家だと？」

「……そうなんだ。何考えてるんだか……と言いたいところだけど、ベス様を取り戻そうとしたみたいだね」

「ベスを？」

今さら、何をしたいというのだ。

ベスは、身元については明らかにしなかった間も、母国でのことはしばしば口にした。母国では、生活魔術は歓迎されていない、と。

それを聞いていれば、彼女が生家でどんな扱いを受けていたのかわかる。特に、貴族令嬢でありながら、使用人としての能力も高いのを見ていたら。

今さら取り戻そうだなんて、何勝手なことを考えているのだ。

「どうも、ベス様がいなくなってから、屋敷の中で手が回らなくなってるみたいだね。だって、屋敷を維持するのってけっこうな人手が必要だろう？」

「……そういうものか」

たしかに、この公爵邸でも多くの使用人を雇っている。だが、ベスはその気になればひとりで十人分もの働きをするだろう。もし、ベスに頼りきりだったとすれば、手が回らなくなるのは必然だ。

「そうそう、それで、ベス様を取り戻そうとしたみたいだよ」

冒険者達は、屋敷の中で騒ぎを起こし、公爵夫人を連れ出すよう命じられていたそうだ。ベスはめったに外に出ないし、常に護衛がついている。

屋敷で騒ぎが起これば、公爵夫妻は招待客達を守るように動く。その隙にベスを連れ出すよう計画していたようだ。

「……何を考えているんだ」

今度、ヴィンセントの口からもれたのは、あきれた声。

「あちらに、情報を流しておきますよ。やんわりと警告はしておかないとね」

「そうしてくれ」

同じことを繰り返すわけにはいかない。エヴァンの提案にのって、伯爵家に苦情を申し立てておくことにした。

これでベスから手を引くのなら、それでいい。

もし、余計なことをしようというのなら、その時にはこちらにも考えがある。

＊＊＊

魔物が迷い込むという事件はあったものの、公爵家にとっては思いもかけない方向に事態は動いた。

カトリーナの能力に、王家が興味を示したのだ。そして、カトリーナに魔術の使い方を教えたベスにも。

ヴィンセントからそれを聞かされたのは、事件から一週間ほどがたった日のことだった。

「ベスとカトリーナが王宮に招待された」

ヴィンセントの仕事部屋で仕事をしていたら、なんでもないことのようにヴィンセントがそう口にした。

王宮に招かれるというのはけっこうな大事なので、ついでのように口にしないでほしい。

「私も王宮に招かれたのですか？」

「そうだ。ベスの魔術について、王家の方々が興味を示している」

ヴィンセントに言われて、ベスはうなった。

ベスとしては特別なことをした自覚はない。それがカトリーナの魔術を発展させるのに役立っただけのこと。

けれど、王家としては、生活魔術しか授かっていないはずのベスが魔物を地面に落とし、カトリーナが男達を拘束したのが不思議なのだろう。

「カトリーナさんの負担になりませんか？」

ベスが気になるのは、その一点だ。

カトリーナは、まだ正式に社交界にデビューしていない。

王宮に招かれるなんて、カトリーナの年齢では珍しい。例外は、王子の婚約者候補に選ばれた時ぐらいだろうが、王子の婚約者を選ぶのはもう少し先の話だ。

「カトリーナからも話を聞きたいそうだが、大げさなことにはならないと約束してくださっている」

「私が王宮に行くのはかまいません。カトリーナさんは、本人の意志を尊重しましょう」

そう返せば、ヴィンセントは明るい表情になった。

カトリーナはしっかりしているから、ヴィンセントに望まれたら王宮に行くというかもしれない。カトリーナがそうすると決めたなら、ベスは全力で援護するだけだ。

「カトリーナは、ベスが行くならいいと言ってくれた」

「まあ、先にカトリーナさんに話をしたのですか？」

それなら、ベスがあえて苦言を呈することもなかったのに。むくれた顔になりそうなのを、懸命に笑みに変える。たぶん、ヴィンセントには気づかれている。

「先にカトリーナさんにお話をしたのは正解でしたね」

「なぜ？」

「私ひとりだったら、緊張するから無理だとお返事したかもしれませんもの」

冗談めかした口調でそう言えば、ヴィンセントは笑った。

ヴィンセントと子供達の距離も、以前よりぐんと近づいている気がする。

「では、日時が決まったら教えてくださいます？　あとは、カトリーナさんの服を新しく仕立てないといけません。仕立屋さんに急いでもらわないと」

カトリーナは、王宮に赴くのにふさわしいドレスは持っていないから、用意しなければならない。

「カトリーナの支度は、ベスとルーシーに任せていいか」

「ルーシーさんが手伝ってくれたら、心強いですね。お任せください」

この国の流行についてはある程度勉強したが、まだ、ルーシーの手を借りた方がいいことも多い。それに、王宮に行くとなれば、流行を追うだけではなく、ある程度伝統も意識する必要が出てくる。

こういう時、この国出身の侍女がいるというのは大変ありがたい。

「今日の午後に仕立屋を呼びましょう。ベス様もカトリーナ様も、今日の午後は予定がありませんし」

そう言ったルーシーは、てきぱきと仕立屋に使いを出してくれる。長年取引をしている仕立屋は、こういう時大急ぎで来てくれる。

きちんとシーズンごとに服を仕立ててはいるけれど、子供の成長は早い。改めて採寸し、身体にぴったりと合ったドレスを発注した。

ヴィンセントと共に王宮に赴いたのは、話を聞かされてから一週間後のことだった。

王宮への招待にしてはかなり急なのだが、今回はそれぐらい大切なものだと認識されているらしい。

「……パパ、私、おかしくない？」

王宮で馬車を降りたところで、カトリーナは不安そうな声をあげた。

今日カトリーナが身に着けているのは、ピンクを基調に、レースをたくさんあしらったもの。仕立て屋が大急ぎで届けてくれて、無事間に合った。スカートはシンプルなもので、その分使われている布の品質のよさが際立っている。

「おかしくない。とても、可愛いよ」

ヴィンセントの言葉に、カトリーナはほっとしたように息をつく。

ベスが選んだのは、落ち着いた紺のドレスだった。今回は華やかに装う必要はないだろうと判断して決めた。髪は真珠の髪飾りでまとめ、揃いの真珠の首飾りをつけている。

ヴィンセントも、黒の一揃いを身に着けていて、今日は、いつも以上に洗練された雰囲気だ。

会談の場に選ばれたのは、王族の私室だった。大げさにしないという約束を守ってくれたようだ。

品のいい調度品で整えられた部屋に入ったカトリーナは、緊張を隠せない様子で、ベスの手を握りしめている。

賢い子だからこそ、王族の前に出るというのが、どれだけ大事なのかうすうすと察してしまっているのだろう。握り返すベスの手も、じわりと汗をかいていた。

「あなたが、エリザベス・スタンレー公爵夫人ね。ケンドリック侯爵家の娘だと聞いたけれど」

王妃が、ベスに向かって微笑みかける。

エリザベス、と呼ばれるのが久しぶりであるのに気づいてしまった。そう呼ばれるのに、違和感を覚えてしまうということにも。

「はい。私はクラディウス王国の出身です。この国での身分が必要だろうと、侯爵夫妻が養子にしてくださいました」

嘘は言っていない。この国の出身ではないのは事実。貴族の生まれだが、家を捨てて出てきたことまでは言う必要はない。

「公爵夫人も、カトリーナ嬢も、生活魔術を授かったと聞いているが、本当にそうなのか？」

今度、口を開いたのは国王だった。

声音は柔らかなもので、カトリーナを見る目は、まるで我が子に向けるようなもの。

「ふたりとも、授かったのは生活魔術で間違いありません。カトリーナの生活魔術は、妻が教えたものです」

妻、というヴィンセントの言葉に、肩を跳ね上げそうになった。

たしかに妻だ。

妻ではあるけれど、それを正面から言葉にされると、どうしても恥ずかしさの方が先に立ってしまう。妻と呼ばれる機会が少ないから、まだ、慣れていないというのもあるかもしれない。

「それで、公爵夫人。夫人の生活魔術は、他の者とは違うと聞いたのだが」

「他の人と違うと言えば違うかもしれません。そうですね……洗濯を例にお話をさせていただいてもよろしいでしょうか」

国王は、ベスの口から説明を聞きたいようだ。

洗濯が例で国王夫妻に通じるだろうか。

洗濯をする時、必要ならば、先に汚れのひどいところだけを集中的に洗う。それから洗剤液につけて全体を洗う。数回、脱水して絞ってから干すというのが一連の流れだ。

たいていの人は、洗剤液を使って洗うところから、濯いで干すところまで一連の流れとして認識する。

魔術を使えば、最初から最後まで十分もかからない。干すところまで、魔術でできるからだ。

でも、ベスは違った。

毎日洗濯魔術を使っているうちに、「汚れを落とすところだけ魔術を使いたい」とか、「洗濯ものを干す時のようにロープを張るところだけ魔術を使う」などと、細切れに使うようになった。

それが、ベスの魔術が少し特殊という点に繋がっているのかもしれない。

「……生活魔術を使う人は、そのように考えるものなのね」

王妃も、感心したような顔になる。

洗濯を例とするならば、今は水さえ用意しておけば、水魔術の使い手のように水を使うこともできる。魔力で水を生み出せる魔術師と違って、事前の準備は必要になるけれど。

「それだけではありません。ベスお義母様は、魔術を使わない時も、毎日魔術書に魔力をあげていたそうです」

国王夫妻の前に出た緊張感を忘れてしまったのか、カトリーナが口を挟んだ。

本来、大人の会話に子供が口を挟むのはよろしくないのだが、今回は許されるだろう。王妃が、身を乗り出したから。

「魔術書に、魔力を？　なんのために？」

魔術書に魔力を注ぐのは、普通は、魔術を行使する時だけだ。王妃が疑問に思うのも当然で、逆にベスは赤くなってしまった。

「恐れながら、王妃陛下。私の考えは、その……魔力を注ぐことによって、授かった魔術書と仲良くなれるといいますか、親和性が高くなると言いますか……ああ、繋がりが強くなるというのが正解かもしれません」

魔力を使うつもりもなかったのに、魔術書に魔力を注いだのは、最初はベスが試したことだった。けれど、魔力を受け入れた魔術書がなんだか喜んでいるような気がしたのだ。

どうせ、ベスの魔術は、命じられた家事に使ってしまえばそれ以上使う機会はない。そんなわけで、毎晩寝る前にありったけの魔力を注いできた。

日を重ねるうちに魔術書に新たな魔術が記されるようになったから、カトリーナにも同じようにしてみたらと話をしただけのことだ。

「私も、最初は信じられませんでした。でもベスお義母様の言葉通りに魔術書に魔力を与え、いろいろなことを経験したらだんだん料理以外の魔術も使えるようになったんです」

カトリーナは生活魔術のうち料理を授かった。最初のうちはショックを受けていたが、ベスの言葉通りにしていたら使える魔術の幅が広がっていった。

「公爵、今の話は事実か？」

「妻がそう言うのであれば、そうなのでしょう。私は、自分の魔術書をそのような使い方をしたことはありませんので、妻の言葉を信じるだけです」

また妻、と呼ばれた。ベスの頬がわずかに紅潮する。

本当の家族になりたいとヴィンセントが告げてくれたのは、今から数か月前のこと。家族との仲が、どんどん深くなっているのを実感する。

それと同時に、ヴィンセントへの気持ちが明らかに育っているのも。

「え……ちょっと待って！」

ベスが悲鳴をあげたのは、本来は見えないところにいる魔術書が、勢いよく飛び出して来たからだった。

「何ごと！」

「申し訳ございません、陛下。私がしているわけではないのです！」

ベスが謝罪する合間にも、魔術書のページが、ペラペラと捲れ始めた。

誰も触れていないのに、ページだけが捲れていく。

「ああもう、どうなっているの？　お願い、ちょっと待って！」

ベスは、魔術書に手を伸ばすが、魔術書はベスの懇願には耳も貸さない。魔術書に耳はないが。ベスの手の届かないところまで、ふわりと舞い上がってしまう。

半分ほどまで捲れた時だろうか。ページが開かれたまま魔術書は固定された。そして、中から飛び出してきたのは、小さな人だ。

「魔物か！」

国王が叫び、ヴィンセントが国王夫妻を守るように前に飛び出す。ベスも、カトリーナの前に出たけれど、不思議と悪意は感じなかった。

（違う、これは魔物なんかじゃないわ）

ベスの魔術書の中から飛び出してきたのだから、魔物なんかのはずはない。

ヴィンセントは、帯剣してはいなかったけれど、鋭い目で魔術書から飛び出してきたものを睨んでいる。

「何者だ」

危険はないと判断したのか、ヴィンセントは国王夫妻の前からこちらへと戻ってきた。

『やっと、話をできるようになったね、エリザベス！』

エリザベス、と呼ばれてベスは目を瞬かせた。

ベスの名を知っている。

ベスの本名を呼べる。

魔術書から飛び出してきたこれは、魔物なんかじゃない。

最初からわかっていたけれど、改めて実感する。

そっと息を吐き出してから、思いきって口を開いた。

「あなたは、だあれ？」

『僕？　僕は、君の魔術書の中で暮らしている精霊だよ』

ガタン、と音がした。

精霊の言葉に、立ったままだった国王がテーブルに手をついたのだ。そのまま魔術書の方に身を乗り出すようにして、目を丸くしている。

「精霊、だと？」

『何かおかしい？　精霊王から授かった魔術書に、精霊が宿ってもおかしな話じゃないでしょ。エリザベスがたくさん魔力を与えてくれたから、こうして姿を見せられるようになったんだよ』

ふわふわと開いたままの魔術書の上に漂いながら、精霊は口を開いた。

その声は、どこから響いてくるのかわからない。もしかしたら、心の中に直接語りかけているのかもしれなかった。

「……そんな話、聞いたことないぞ」

ヴィンセントの言葉に、精霊は肩をすくめる。

『君達人間は、僕達を使う時しか魔力を注がないでしょ。そもそもそれが間違いなの』

その言葉を聞きながら、ベスの脳裏に、生活魔術を授かったと父に告げた時のことが思い起こされた。

あの時、ベスに向けられた失望の顔。

母は変わらず愛してくれたけれど、ベスに対する父の扱いは、あれから大きく変化した。

それでも、自分を選んでやってきてくれた魔術書が愛しくて、必要もないのに魔力を注いでいた。

大人になってからも、魔力を注ぐことになんの抵抗もなかった。

生活魔術は公爵家でも大いに役に立ったし、ベスの魔力でいいのなら、お礼のつもりで魔力を与えてきた。

『魔術書というのは、人間の世界で暮らす精霊の住処なのね。そこにどれだけ魔力を注いだかで、僕達が力を持てるかどうかが決まるわけ。エリザベスは、僕にたくさんの魔力を注いでくれたよね』

「え、ええ……そう、ですね」

今となっては精霊の具現化に繋がったわけだけれど、必要もないのに魔力を注いでいたと知られるのは少し恥ずかしかった。

『魔力を注ぐだけでもだめなんだけどさ。エリザベスは、僕のことを大切に思ってくれたから』

パチン、とこちらに向かってウィンク。ベスの精霊は、ベスよりはるかに陽気な性格らしい。

「……では、カトリーナ嬢が様々な魔術を使えるようになったのは？」

王妃がカトリーナに目を向ける。それに気づいた精霊は、小さく肩をすくめた。

『カトリーナの精霊が、カトリーナに応えたいって思ったからでしょ。カトリーナも、魔術書を大切に思ってくれたんだろうね』

「だが、今まで魔術書に魔力を注いだ者がまったくいなかったとは思えないぞ。なぜ、他の者は精霊の具現化について語らなかったのだ？」

『うーん……それは、僕達との繋がりが薄かったとか、僕達の機嫌を損ねたから、とかかなぁ。

僕達、けっこうやる気にならないことも多いんだよね』

空中に浮き上がったまま、精霊はその場で胡坐の姿勢になった。思案の表情を浮かべているが、右に左にゆらゆらと揺れているために、緊張感は皆無である。

発言から考えると、精霊とは気まぐれな存在らしい。

『ただ、魔力を注げばいいってもんじゃないんだよ。僕達にだって、やりたいこととか望みとかあるわけで』

精霊が語るには、祝福の儀でどの魔術書が与えられるかについては、精霊の意思次第なのだそうだ。

だが、精霊の意思をまったく無視した魔術を使っていた場合、どんどん魔術書との繋がりは薄くなっていくのだという。

食事を作り、着るものや住む場所を整えていくのは人の営みとして必須。

その中で、魔術書に魔力を与えることで、魔術書との繋がり、ひいては精霊との繋がりが強くなっていくそうだ。

「……そういうことなのか」

『解釈は好きにしたらいいと思うけど。縁があって、魔術書の主になったんだから、大切にしてくれれば僕達はそれでいいんだ』

胡坐の姿勢のまま、ふわりと空中で一回転した精霊は、再び魔術書の中に姿を消した。ぱたりと魔術書が閉じられ、今の光景がまるで夢だったかのように消え失せる。

「……ベス」

「はい、ヴィンセント様」

長い沈黙の末、口を開いたのはヴィンセントだった。ベスは、静かに彼に目を向ける。

「今の件、あとで報告書にまとめてもらえないだろうか。君が、魔術書を授かって以来、何をしてきたのか。どう魔術書を育てたか。カトリーナ、君も。毎日何をしているか、ベスに話をしてもらえるかな」

「私が？」

「ああ。カトリーナの魔術も成長しているからね。カトリーナの経験も他の人の参考になるんじゃないかな」

カトリーナは嬉しそうに微笑んだ。

「陛下、それでよろしいでしょうか」

「ああ。今の精霊の話は、とても貴重なものだ。公爵夫人、頼めるだろうか。これで魔術の研究が進む」

ヴィンセントに続けて、国王もそう口にする。

「かしこまりました」

「望まなかった魔術を授かった者も、考え方を変えられるかもしれないし」

王妃も、そう付け足して微笑んだ。

国王夫妻はベスに感謝してくれる。国王の『頼む』は実質命令である。だが、これで終わらせてしまってはだめだ。

この際だから、国王にきちんと話をしておいた方がいい。これだけ重要な発見をしたとなると、ベスの素性について詮索する者が出てくるかもしれない。

公にするかしないはともかくとして、この国の最高権力者には伝えておかなければならない。ヴィンセントは知っているけれど、国王夫妻には伝えていないはず。

「陛下、お伝えしなければならないことがあります」

ベスが居住まいを正したのに、国王夫妻も気づいたようだ。彼らのまとう雰囲気が変わる。

横にいるカトリーナが、ベスの方に不安そうな目を向けた。彼女には微笑みかけておいて、大丈夫、何も問題なんてない。

ひとつ、大きく呼吸してから口を開く。

「私は、ケンドリック侯爵夫妻の養子として嫁ぎましたが、それ以前はクラディウス王国の貴族でした。元の名は、オルディス伯爵家の娘、エリザベス・オルディスです」

「……貴族？　だが、貴族の娘がそこまで生活魔術に詳しくなるのか？」

「それは、私が貴族として扱われなかったからです。陛下。使用人として働いておりました」

ベスの身元については、正式に結婚するとなった時に、カトリーナ達にも話をしてある。子供達には刺激が強すぎるかもしれないと、生家での扱いについて詳細には語らなかったが。

「身元を隠していた点については、お詫び申し上げます」

「いや、公爵の判断は間違ってはいない。そんなことをすれば、伯爵家の人々が、夫人に接触してきただろう」

隣国の伯爵令嬢が公爵家に嫁ぐのなら、本来ならば大々的なお披露目が必要になる。

そんなことをすれば、伯爵家の人々がベスに接触をはかってきた可能性も高い。

そして、そこにヴィンセントが爆弾を投げ込んだ。

「それだけではありません。先日、我が家に恐ろしい魔物が姿を見せた事件についてです」

多数の招待客を巻き込んだ一件で、公爵家が無傷というわけにはいかなかった。

ベスやカトリーナの活躍の陰に隠れてはいるが、公爵家に苦情を申し立ててきた者もいたのである。

「オルディス伯爵家は、ベスを取り戻そうとしたようです。妻の能力の恩恵に預かっていたのをようやく気づいたのでしょう」

捕らえられた冒険者達は、冒険者の中でも最下級に位置する者達だった。

彼らの目的は、公爵家からベスを取り戻すこと。

今までベス自身も気づいていなかったが、とっくの昔にベスの居場所は生家にばれていたらしい。

(……どうしよう)

ベスがおろおろとしていると、カトリーナがベスの手を掴んできた。大きな緑色の目が、ベスの緑色の目と正面から合う。

うん、とひとつうなずいたカトリーナは、今度はヴィンセントを見た。

「叔父様、大丈夫よね?」

「カトリーナさん……ええと、その」

カトリーナがベスを力づけようとしてくれたのは嬉しいけれど、ここがどこなのかベスもうっかり忘れかけていた。少なくとも、王家の人々の前でする話ではない。

けれど、その時にはもうヴィンセントの気持ちは固まっていたようだ。

「陛下、今回のやり口、クラディウス王国に抗議しても?」

「かまわないだろう。夫人は成人しているわけだしな。どこに嫁ごうが夫人の自由だ」

成人していれば、ベスが勝手にどこかの家の養子になっても、文句は言えないのだ。

ヴィンセントに任せておけば大丈夫。そんな気がした。

＊　＊　＊

公爵家に魔物を送り込むという計画は破綻してしまった。あの男、うまくいくと言っていたのに。

だが、今のところ何があったのか気づかれてはいない。

大丈夫だ。問題はない。

伯爵ひとり赴いたのは、クラディウス王国の国王から直々に呼び出されたからだった。領地の運営について大きな問題はない。

呼び出されるとすれば、アンジェリカのことか。

だが、第三王子がアンジェリカに特に興味を示している様子がないのは、父である伯爵本人が一番よくわかっている。

アンジェリカは、彼にとっては、ただ、気安い時を過ごせる相手。

王家にとって、伯爵家がなんらかの利をもたらせるのであればまだしも、今のところそのような状況には陥っていない。

国王と対面したのは、謁見の間。だが、室内にいるのは国王と宰相だけであった。

ふたりとも険しい目をこちらに向けている。

国王とも宰相とも、今まで個人的な接点はなかったから、彼らがそんな目をこちらに向けてくる理由はわからなかった。

「オルディス伯爵よ、そなたは大きな失策をしたな」

静かな声を発したのは、国王だ。

「……なんのことでしょう?」

「そなたの娘」

そう言われた瞬間、肩を跳ね上げそうになった。

まさか、アンジェリカが。

本当にアンジェリカが第三王子の婚約者に選ばれたというのか。

相手がアンジェリカを愛していなくともいい。王家と個人的な接点が持てるのであれば、アンジェリカの気持ちなんてどうでも――。

一瞬のうちに、頭の中で目まぐるしく妄想が繰り広げられる。だが、その妄想を断ち切ったのもまた国王の声であった。

「そなた、もうひとりの娘はどうした?」

「も、もうひとりの娘といいますと」

まずい。

身体中が瞬時に冷えた。耳の奥でキンキンと嫌な音がする。

エリザベスが行方不明になった件については、公にはしていない。莫大な賠償金を支払うことになったが、なんとかごまかせたと思っていた。

国王は、すべてを知っているのかもしれない。なぜ、エリザベスがいなくなったのかということを。

伯爵とて愚かではない。社交界を二十年以上渡り歩いてきたのだ。

相手が何を考えているのか、ある程度は視線だけで悟れる。

「そなたの娘、生活魔術しか授かっていなかったというが、隣国で大きな功績を挙げたというではないか」

なんでも、エリザベスは授かった魔術と大いに発展させる術を発見していたそうだ。

ならば、なぜ、その術を屋敷で暮らしていた頃公開しなかったのか。

「しかも、その功績に気づいた伯爵は、強引に娘を取り戻そうとしたそうだな」

「い、いいえ、そのようなことは」

やはり、すべて知られていた。

だらだらと汗をかきながらも、国王の言葉は懸命に否定する。ここで、見抜かれなければまだ挽回のしようはある。

「そなたが、もっと早く娘の才能に気づいていれば！　有能な人材を他国に取られることにはならなかったのだぞ！」

鋭い叱責の言葉に、伯爵はその場に平伏するしかなかった。

この国は、根本的に生活魔術は認めていない。それは、どこの家でも同じではないか。

そう言葉にするのは難しくないけれど、それをここで口にしてはならないということぐらいきちんとわきまえている。

「国に残っているそなたの娘が、王家に入ることはないだろうな」

とどめを刺したのは、国王のその言葉であった。

肩を落としながら、屋敷に戻る。

(エリザベスめ……あいつが、おとなしく私の言うことを聞いていれば！)

あの娘が言われたままに嫁いでいれば、莫大な賠償金を負わされることはなかった。

嫁がないにしても、屋敷に残っていれば、使用人代わりに使うこともできた。

最愛のアンジェリカが、王家に嫁ぐ可能性がなくなってしまった。もともと本気で期待していたわけではないが、もしかしたらとどこかで淡くは期待していたのに。

「旦那様、お約束はありませんが、客人がいらしたのですが。ご都合が悪ければ、後日また改めておいでになるということです」

そっと扉を入ってやってきた執事が、銀のプレートを差し出した。

そこに記されているのは、とある貴族の名。執事は知らないだろうが、裏では冒険者組合を束ねている男である。それも、なんでもやる悪徳冒険者が集まる組合の。

(何が目的なのだ……？)

伯爵は、眉間に皺を寄せる。

この男の方から、伯爵に会いに来るなんて。

エリザベスを取り戻すよう命じた冒険者達が失敗したのは、この男が選んだ冒険者が無能だったからではないか。

この際、文句のひとつも言ってやろうと屋敷に入れることを許可した。

「伯爵様、ずいぶん、お困りのようですな？」

入ってきたのは、印象の薄い男であった。

身に着けているのは、仕立てはいいが地味な衣類。

髪はぴっちりと撫でつけていて、年相応の落ち着きがある。だが、内心を悟らせないようにしているのか、表情もまた薄いものだった。

「なんの用だ？」

困る原因を作ったのは、この男が起用した冒険者達だというのに、責任はまったく感じていないのか。腹立たしく思ったが、男が瓶を二本差し出したので、首を傾げた。

「何だ、それは」

「飲んだ者を、思うがままに操ることのできる薬です。二本差し上げますので、お好きなようにお使いくださいませ」

口角をわずかに上げ、笑みらしきものを浮かべながら彼は言う。

この薬を服用した者は、定められた呪文を唱えた者の言いなりになってしまうそうだ。

それは、今は使用が禁じられている薬。魔術を用いることで、そういう効能を持つ薬を作れるのは伯爵も知っていた。

だが、そういった薬は非常に危険なもので、それを作成できる能力を持つ者は、厳しく管理されているはず。つまり、これは非合法の薬だ。

(……だが、この薬があれば)

エリザベスを取り戻し、なおかつスタンレー公爵家に「大切な娘を誘拐されたための損害賠償」を求められるのではないか。エリザベスを思い通りに操れるのであれば、本人にそう証言させるのも可能だ。

あまりにも穴だらけの計画であったが、この時の伯爵は理性的に考えられなかった。

「もらっておこう。代金は」

「こちらの不手際ですので、お代は半分でけっこうです。またのご利用をお待ちしております」

薄く笑い、男は呪文を教えて引き上げていく。

もう、こんなものに頼るしかないのだ。だが、まだ巻き返しはできるはず。

男を送り出すと、アンジェリカがやってきた。いつになく、元気のない顔だ。

「どうした?」

「殿下が、私とは結婚できないって」

ぽたぽたと、大きな目から涙をあふれさせる。

そう言えば、今日は第三王子を交えて、皆で出かけていたのか。

第三王子からそう言われてしまうなんて、どんな対応をすれば、正面から言われてしまうのだろうか。

「お異母姉様が、隣国の公爵様に嫁いだって、本当？」

「……そうらしいな」

あのまま、エリザベスを手元に残しておけば、今頃は隣国と強力な繋がりを持てただろうか。

もし、そうだったら、今日のような叱責はなかったはず。

都合のいい想像が、頭の中を駆け巡る。

「私、あの公爵様に嫁ぎたいわ」

「だがな、アンジェ……アンジェリカ」

「だって、この国ではもう私を受け入れてくれる人はいないって言うのよ！」

そうか、とこの時になってようやく気づく。

エリザベスのことが知られてしまっているのだとしたら、アンジェリカを受け入れがたいと思う者が増えるのも当然だ。

国王に睨まれたくはないだろう。

（いや、まだ、取り戻せる……）

先ほど渡された薬。

一本をエリザベスに飲ませ、もう一本を公爵に飲ませたなら。エリザベスを国に取り戻し、アンジェリカは公爵のところに嫁がせるというのも悪くない。

この国でアンジェリカの肩身が狭いというのなら、生き生きと生活できる国に行けばいい。離れて暮らすのは寂しいが、娘の幸せのためだ。そのぐらいは我慢できる。

エリザベスを取り戻して働かせれば、伯爵家の状態もよくなるだろう。

（いや、第三王子に飲ませるという手もあるな……）

もともとアンジェリカは第三王子に好意を寄せていた。公爵よりも、第三王子の方が操りやすいかもしれない。

国王はああ言っていたが、第三王子が強く望めば無下にもできないだろう。

二本目は、どのように使うかは慎重に考えよう。

戻ってきたエリザベスを利用すれば、公爵にも第三王子にも近づく機会は得られるだろう。

「アンジェリカ、お前にもやってもらわなければならないことがある」

いつになく語りかけるような父の顔に、アンジェリカは怪訝な顔になる。

だが、話を聞くうちに、その顔は、だんだん真摯なものへと変わっていった。

# 第八章　冷遇されていた令嬢は、ぽかぽか大家族の一員になりました

ヴィンセントとベスが王宮に呼ばれてからひと月が経過した。

ベスは、周囲の貴族達にも少しずつ認められ始めている。半年ほど前とはまったく変わった生活に、今ではあの頃が逆に夢みたいに思えてくる。

そして、ザカリーが、祝福の儀を受ける日がやってきた。

出かける前に、今日も家族揃って朝食である。公爵家の料理人は全力で仕事をしてくれた。今日の朝食も、色鮮やかで実に美味だ。

目の前に出された料理をきちんと食べながら、ザカリーが問いかける。

「ママ、どんな魔術書を授かると思う？」

「そうねえ、どんなものでもきっと、ザカリーさんにぴったりの魔術書が来てくれると思いますよ」

魔術書は精霊の住処であり、魔術書に魔力を与えることによって精霊が具現化する可能性があるという情報は、国王によって一部だけ公開されると決まった。

今は魔術を使う時以外にも、魔術書に定期的に魔力を与えると、使える魔術の幅が広がる可能性があるとだけ公表されている。

一度にすべてを公開してしまうと、混乱が起きかねないというのがその理由だ。精霊の住処であり、精霊が具現化するというところまで公開するのはまだ早い、とされている。

たしかに、この情報が公開されたなら、魔術書の扱いが今までと大きく変わってしまうだろう。

精霊達がこの世界にどんどん具現化できるのだとしたらいいだろうけれど、今まで魔術書に魔力を与えたのがベスだけだったとは思えない。

精霊が具現化するまでに何が必要なのか、慎重に見定める必要がある。

それに、魔力をたくさん与えたところで、ベスのように精霊を具現化するところまで育てるのはかなり難しい。

どのように情報を公開し、どのように魔術書を育てていくのか。慎重に計画していくと決められた。

今年は「魔術書は、大切にし、寝る前に魔力を与えるように」と、子供に伝えることにしたそうだ。

親達にも、同じことを伝えるという。その方が魔術書との親和性が高くなり、魔力が高くなるという研究結果が出たという説明と共に。

精霊の具現化についてはまだ語らない。

このあたり、今後はどのようにしていくのかは、ベスの仕事ではない。偉い人にお任せである。

「僕に似合うのって、どんな魔術かな……」

そわそわとしているザカリーに、ベスは微笑みかける。どんな魔術書であれ、ザカリーにとって相性のいい魔術書を授かるはず。

「あら、生活魔術も悪くないわよ」

と、二年前に生活魔術を授かったカトリーナが、にんまりとした。

授かった当初はがっかりしていたが、今となっては生活魔術でよかったと思っているようだ。

ベスを見て、そのように考えてくれたのならよかった。

「パパは？　パパは、どうだった？　ドキドキした？」

「そうだな……ドキドキはしていたと思う」

「僕もお父様やパパと同じ魔術がいいな……それで、皆を守るの」

カトリーナが、弟達を守れる魔術が欲しいと願ったように、ザカリーも家族を守れる魔術を授かりたいらしい。亡くなったザカリーの父親も、ヴィンセントも、授かっているのは水魔術だ。

「ニコも？　ニコも、しゅる？」

口の周りを、オムレツでべたべたにしながらニコラスが右手を上げる。隣に座っていたベスは、さっと彼の顔を拭いてやった。

「ニコラスさんは、再来年ですよ。今日は、ザカリーさんだけです」

「さらいねん？　ねたらすぐ？」

「今日も、明日も、明後日も……うーんといっぱい寝て、ニコラスさんがお兄さんになったら、です」

「ニコ、おにいさんになった！」

ニコラスはむぅと頬を膨らませた。今日、魔術書を授かりたかったようだ。足をバタバタさせ始めたのは、自分の置かれている状況が気に入らない証拠。

「もう少し、お兄さんになったら、です。ザカリーさんと同じぐらいの大きさかな？」

ベスがそう言うと、ニコラスはピンと背筋を伸ばした。そんなことをしても、ザカリーと同じぐらい『お兄さん』に今すぐなれるわけでもないけれど、可愛らしくてつい口元がほころぶ。

「そうだな、ザカリーと同じぐらい背が伸びたらだ。ニコラスは、もう少し待とう。それに、帰ってきたらパーティーだぞ」

「パーティー？」

「そう、お祝いのパーティーだ。ザカリーをお祝いしてやれるかな？」

横からヴィンセントが口を挟む。ニコラスは、食べかけのオムレツを見て、ザカリーを見て、ベスを見た。

「ケーキ、ありゅ？」

「もちろん、ありますよ。クッキーも、パイも」

「おおおおっ」

「でも、その前に朝食をちゃんといただきましょうね」

ケーキがあると聞いて、ニコラスはがぜんやる気になったようだ。

オムレツと蒸し野菜のサラダを全部食べ、パンも食べ、牛乳を飲んで満足そうだ。

今日は儀式に参加する日なので、正装を身に着けねばならない。着替えてから、教会に向かう。

仲良し家族であると喧伝しているみたいに、今日の公爵家の人々は、同じ布を使った衣服を身に着けていた。

あくまでも主役はザカリーだし、儀式への参加なので、ベスとカトリーナのドレスは、装飾が控えめである。

ふたりとも紺のドレスに白いレースの襟。手首にも同じレースをあしらっている。カトリーナの方は、胸元に白いリボンも追加だ。裾に、白い糸で蔦や果物などを図案化した刺繍が施されている。

ヴィンセントとザカリーとニコラスは、まったく同じ仕立ての上着とトラウザーズの組み合わせ。明るい灰色の上下だ。上着の手首には、つる植物や果物などを図案化した刺繍は、ベスやカトリーナと同じデザインのもの。

ここまで揃いにしている家族は珍しく、どこから見ても仲良し家族である。

カトリーナは、きょろきょろと周囲を見回した。二年前、彼女も同じように祝福の儀に参加したことを思い出しているのかもしれない。

儀式に参加する子供の家族は、祈りの間の前にある広間で待つのが決まりだ。これは、公爵家も同じ。

午前中に貴族の子供、午後からは貴族以外の子供が儀式を受けるのも昔からの決まり。

「ママ、たくさんの人がいるわ」

「ええ、だから迷子にならないように気をつけないと。カトリーナさん、ニコラスさんをお願いできますか」

「任せて！」

カトリーナは胸を張った。

「ニコラスさん、カトリーナさんとしばらく待っていてもらえますか？」

「いいよ！」

目線を合わせて頼めば、ニコラスもにっこりとしてうなずく。

ベスの手からニコラスを受け取ったカトリーナは、しっかりとニコラスと手を繋いで待つ。

ベスとヴィンセントは、ザカリーを神官のところに連れて行かねばならないのだ。

「……ママ」

そのザカリーはといえば、不安を隠しきれない様子。ベスにべったりで、ベスの手を放そうとはしない。ここまで彼がベスにべったりになるのも珍しい。

「ルーシーさん、エヴァンさん、子供達をお願いします」

「かしこまりました」

綺麗に声を揃えたエヴァンとルーシーが頭を下げた。

エヴァンは、使用人としての行動を取っている。屋敷にいる時の彼とは、別人のようで少し面白い。

ルーシーは、いつもの通り、きっちりとした表情を崩さない。ニコラスと並んで立ち、背筋をぴしりと伸ばしている。

「いいこにまってる」

そう宣言したニコラスは、言葉の通り、カトリーナとルーシーの間から動こうとはしなかった。

片方の手でカトリーナの手を、もう片方の手でルーシーのスカートを握りしめている。勝手に出歩いて迷子になる心配はしなくてよさそうだ。

そうしている間に、名が呼ばれる。今日集まっている子供達の中で、最初に祝福を受けるのはザカリーだ。

「ザカリー、行くぞ」

「……うん」

ヴィンセントが声をかけ、不安な表情を崩さないザカリーは、ベスの手を握ったまま一歩前に出た。

通されたのは、普段、礼拝のために使われている部屋だ。ここで、ベスとヴィンセントはザカリーを待つ。

それからザカリーだけさらに奥、祝福の儀の時だけ使われる小部屋に向かうことになっている。

「大丈夫ですよ、痛いことはありませんから」

「それは心配してないよ」

そっと背中を押せば、ぷくっと頬を膨らませる。怖がっているわけではないと主張したいらしい。

それからもう一度、ヴィンセントとベスの方を向いたザカリーは、神官のあとに続いて、小部屋へと入っていった。

(小さな精霊王の像の前で祈りを捧げるのよね。そうすると、目の前に魔術書が現れて……)

自分の時、どうだったのかがありありと思い出された。

真っ白な小部屋の中央に置かれている精霊王の像。その前に膝をついて祈りを捧げる。

ふわっと身体が浮き上がったかと思ったら、あとは時間がどのぐらい過ぎたのかもわからないまま、ただ、揺蕩《たゆた》い続ける。

そして、意識が戻った時には、元の小部屋にいるのだ。腕の中に魔術書を抱えて。

生活魔術が書かれていると意識を戻した瞬間悟ったけれど、そのあと、父ががっかりするところまでは想像できなかった。

（ザカリーさんが、どんな魔術を授かったとしても……ヴィンセント様は、嫌な顔はしないだろうけれど）

ヴィンセントがベスの両親と違うというのは、もうわかっている。

生活魔術であれ、他の魔術であれ、ザカリーの授かった魔術をきっとヴィンセントは認めてくれる。

それでも、どんな魔術を授かるのかドキドキしてしまうのは、これが保護者の気持ちというものなのかもしれない。

やがて、小部屋から出てきたザカリーは、少々不満そうな顔だった。小走りに近づいてきたかと思ったら、ヴィンセントに抱きつく。

「回復魔術だった……お父様やパパと一緒だったらよかったな」

ザカリーの亡き父は、水魔術を授かったと聞いている。ヴィンセントもそうだ。

水魔術を持っている人がいれば、たとえば雨が降らない時でも、畑に水をまくこともできる。

領主が持つ魔術としては、水魔術が好まれるというのをベスは知っていた。たとえ、大量でなくとも、水がいつでも手に入る状況というのは、領民にとってはありがたいだろうから。

「そうか、でも精霊王様は、ザカリーには回復魔術が似合うと思ったんだよ、きっと」

ヴィンセントはそう言ったけれど、ザカリーはまだ不満顔だった。こういう時、なんと言ってやったらいいのだろう。

「ザカリーさん」

「……平気。おべんきょ、頑張る」

声をかけたら、ザカリーはむっと膨れたままそう言った。

（……本当、なんて言ってあげたらいいの）

ザカリーも、本気で回復魔術が嫌だと思っているわけではない。ただ、亡き父と同じ魔術を受け継ぎたかったというその気持ちが大きすぎるだけで。

「どんな魔術を授かったの？」

「……回復魔術」

「そうなの、回復魔術」

ベスが声をかけられずにいたら、がっかりしているザカリーに声をかけたのはカトリーナだった。『回復魔術』と、数回口の中で転がしてから、パッと明るい顔になる。

「素敵ね！」

「素敵？」

ザカリーは、カトリーナの言葉に納得していないようだった。彼の頬は、まだ丸く膨らんだまま。

「素敵よ、だって……ニコが転んで膝を擦りむいた時、すぐに治せるじゃない」

「ニコ、ころばない！」

「じゃあ、私が転んだ時」

「ねえさまもころばない！」

自分が実験台になると思ったのか、ニコラスが話に割り込んだ。けれど、カトリーナが言い直すと、それはそれで気に入らなかったらしい。

「にいさま、おけがなおせる？」

「……うん」

短い返事だったけれど、ザカリーの声音でわかった。

カトリーナの言葉が、一気に気持ちを軽くしたのだ、と。

(子供達は、本当にお互いを大切に思っているのね)

カトリーナも、日々、成長しているのだと改めて気づく。以前から、弟達を守ろうとしていたけれど、ベスが思っているよりはるかに弟達をよく見ている。

「僕、お医者さんになる。怪我も病気も治せるお医者さんで領主になる」

回復魔術を使う人も、基本的な医学知識は修めるけれど、あくまでも基本的な医学知識のみ。

医師になるための難関試験に合格できるほどの知識は、必要とされない。だから、回復魔術を使える医師というのは、かなり珍しい。

ザカリーの場合、そこにさらに領主になるための勉強も加わるわけだ。

「ザカリーは、忙しくなりそうだな」

「本人が望むのなら、かなえてあげたいです。本気でそう願うのなら、ザカリーさんならやり遂げるでしょうし」

「回復魔術の教師を探そうか。医師になる勉強は、もう少しあとでいい」

ヴィンセントも、ザカリーのたどる道が険しいものになるのはもうわかっている。それでも、反対する気はないようだ。

まだ、文字の読み書きも習い始めたところだし、医師になるための勉強を本格的に始めるのは、少なくとも十年後でいい。それまでにザカリーの気持ちが変わらなかったら、間違いなく最高の環境を用意するはずだ。

「いいわね、それ！　それなら、私は領地の方をお手伝いしてあげる」

「ニコも、おてつだい、しゅる！」

カトリーナがすぐに賛成し、ニコラスも兄の手助けをすると言葉にした。

それが実現するかどうかはまだわからないけれど、たとえ望んだ魔術を授からなくとも、違う道を模索できる子供達が、ベスの目にはまぶしく映った。

「さて、帰ってパーティーしないと！」

エヴァンが張りきった声をあげる。どうやら、使用人の仮面はここでぽいっと捨ててしまったようだ。

「エヴァン？」

ルーシーが片方の眉を上げ、エヴァンはぎくりとした。首を傾げたルーシーはエヴァンに微笑みかけたけれど、目が笑っていない。

ぴしりと居住まいをただしたエヴァンは、改めて、ザカリーの方に向き直った。

「ザカリー様、今日は、おめでとうございます。帰ってパーティーをしましょう」

「うん！」

今日は屋敷で待っている侯爵夫妻や、公爵家の使用人達と、身内だけで祝うことになっている。

屋敷に戻った時には、すでに大広間に料理も飲み物も並べられていた。

料理や飲み物は、祝福の儀を受けている間に用意してもらい、極力全員参加できるように配慮した。

足りなくなった飲み物を取りに行ったり、空になった皿を下げたりという仕事はどうしても発生してしまうが、そこはベスも手伝う予定だ。

会場となっている広間は、出かけている間にいつもとは姿を変えていた。壁際にずらりと並んでいるのは、白いクロスをかけられたテーブル。

その上には、銀の器に盛りつけられた料理が並んでいた。子供達用には、小さなテーブルと椅子が用意されているけれど、基本的に大人達は立食だ。

今日は無礼講というわけである。

「ザカリー、おめでとう！」

「どんな魔術書を授かったのかしら」

広間で待っていた侯爵夫妻は、口々にザカリーをねぎらった。

最初は回復魔術を得たことでがっかりしていたザカリーだったが、カトリーナやニコラスの言葉で、それも払拭されている。

「回復魔術を授かったの！」

「まあ、素敵。回復魔術を使えるようになったら、私の足が痛いのも治してもらえるわね」

「私の腰もだな」

祖父母の痛みを軽減できるかもしれないと聞いて、ザカリーはますます励みになったようだ。お祝いに、医学書をおねだりしているあたり気が早い。

「ザカリーも、喜んでいるようだ」

乾杯が終わるなり、ローストビーフを山盛りにしているザカリーを見ながら、ヴィンセントが目を細める。

「カトリーナさんの時は、どうだったのですか？」

ふと、気になった。カトリーナが五歳の時には、まだ両親が存命だった。彼女の時には、どんな風に祝ったのだろう。

「カトリーナの時は、領地で行ったんだが……少々、がっかりしていた様子だったな。姉と義兄は、喜んでいたが」

「希望の魔術を授からなかったら、そうかもしれませんね。ザカリーさんも、最初はがっかりしていたみたいですし」

生活魔術は、貴族の中ではあまり好まれない。最初は、カトリーナもそうだった。けれど、今ではすっかり生活魔術を使いこなしている。

いずれ、カトリーナも精霊に出会うのではないかとベスは思っているけれど、気が早いだろうか。

「ママ、見て見て！」

カトリーナは、空になったグラスを宙に浮かべている。それを、そのまま厨房まで下げるらしい。

「すごいわ、カトリーナさん！」

慌ててベスはカトリーナに近寄る。彼女ひとりで大丈夫だとわかっていても、一応心配なものは心配なのだ。

ふと目をやれば、エヴァンとルーシーが向き合っていた。グラスを手にしたルーシーにエヴァンは何事か話しかけ、ルーシーは首を横に振る。

何を話しているのか気になったけれど、その時呼び鈴が鳴った。

ぱっと使用人の顔を取り戻したエヴァンが、ベスに向かって頭を下げる。

手にしていたグラスをルーシーに押し付けた彼は、足早に広間を出て行った。

かと思えば、表情の抜け落ちた顔になって、出て行った時以上の急ぎ足で戻ってくる。無表情のまま広間に入った彼は、まっすぐにヴィンセントとベスのところまで来た。

「ベス様に、客人です」

「客人？　でも、今日、面会の予定は入っていなかったと思うのだけれど」

この国に来てからの知り合いは、今日はザカリーの祝いの日であると知っている。五歳の誕生日を迎えて最初の儀式の日に、祝福の儀を受けるのが通例だからだ。

その日は、祝いの宴に呼ばれでもしない限り、面会の予定は入れないものだ。そんな常識外れの人間、公爵家の知り合いにはいない。

「それが、妹君だと」

「……は？」

低い声を漏らしたのは、ベスではなくヴィンセントだった。

ベスは、『妹君』という言葉が、誰をさしているのかわからなくて、目をぱちぱちとさせるだけだった。

「帰ってもらえ」

「それが、ベス様に面会するまでは帰らない、と。追い返せば、騒ぎを起こしそうです」

エヴァンが困った顔になっている。

ようやく、頭が回るようになってきた。『妹君』とは、アンジェリカのことだ。

彼女の存在なんて、すっかり頭から抜け落ちていた。ここでの生活が、あまりにも幸せすぎて。

（なぜ、アンジェリカが……？）

身体が一気に冷たくなった気がした。なぜ、アンジェリカは、ベスがここにいると知ったのだろう。

「会います」

ベスはすぐにそう口にした。

正直に言えば、アンジェリカに会うと思うと怖い。

すっかり忘れたつもりでいたけれど、あの屋敷での日々で受けた心の傷は、まだ、ベスの心の奥底に残っていたみたいだ。

「応接室を使うといい。俺も行こうか？」

「いえ、ひとりで行きます」

相手がアンジェリカでも、お茶の一杯ぐらいは出すべきだろう。国に帰ってから、余計なことを吹聴されても困る。

エヴァンはアンジェリカを応接室に案内し、ルーシーがお茶の用意をしてくれる。

「ごめんなさいね、ルーシーさん」

「いいえ、お気になさらず。何かあればお呼びくださいませ。廊下に控えておりますから」

アンジェリカを物理的に排除していいのであれば、ベスひとりでできる。だが、廊下にルーシーがいてくれて、ひとりではないと思えば心強かった。

応接室の扉の前で、大きく呼吸。

大丈夫、大丈夫だ。もう、あの頃のベスではない。

顔に張り付けたのは、淑女の仮面。それをかぶっていれば、アンジェリカにも対抗できる気がした。

「……こんなところまで、なんの用かしら？」

「久しぶりの再会なのに、冷たいのね。お異母姉様」

アンジェリカは、以前とまったく変わらないように見えた。

レースとフリルをたっぷり使ったドレスは、彼女の愛らしい容姿にはぴったりだ。

こちらを見る目に、わずかにさげすむような色が混ざっているのも以前と変わらない。ベスは、大きく変化したのに。

「そうかしら。招かれもしていないのに、押しかけてきたのは、そちらではなくて？」

大丈夫だ。仮面は落としていない。

生家では必要としなかったが、ヴィンセントと結婚してからは必要になった仮面だ。時として、公爵夫人としてふるまわねばならない時もある。

アンジェリカを前にしても、心は穏やかだ。淑女の仮面を失わない余裕がある。

冷たい笑みを浮かべて、ベスは先をうながした。

「それで、何を話しに来たの？」

「お異母姉様、ご自分が本当に公爵家にふさわしいと思っているの？　生活魔術しか持っていないのに」

妙な声がもれそうになったのを抑えた。

寝言は寝てから言ってほしい。アンジェリカに対して、真正面からそう思えたのも初めてかもしれなかった。

「……それで？」

「公爵家に嫁ぐのなら、私の方がふさわしいわ。変わってくださらない？」

「国外に嫁がないといけないし、子供が三人もいるのだから、あなたの結婚相手にはふさわしくないという話ではなかったかしら」

馬車の中で、そんな話をしていた記憶がある。けれど、アンジェリカはなんてことないように手を振った。

「だって、ヴィンセント様ってとても素敵。お異母姉様、ヴィンセント様と並んでつり合いが取れると思っているの？」

アンジェリカの言葉に、ベスは唇を噛み締めた。

その不安は、いつだってベスの中にある。ヴィンセントはまったく気にしていないようだけれど、真っ赤な髪も、つり上がった目も、悪い魔女みたいで好きではない。

けれど、以前のベスではないのだ。なんでもアンジェリカの言うことを聞くと思われても困る。

「くだらないことしか言わないのなら、帰ってくれる？　私、暇ではないの。今日は、ザカリーさんのお祝いの日なんですからね」

ぴしゃりと話を遮ってやれば、ベスが本気で言っているのだとようやく認識したらしい。アンジェリカは、カップに残っていたお茶を一気に飲み干した。

「お異母姉様、お茶のお代わりをいただける？　緊張してしまって」

そこまで緊張しているようには見えないとは言葉にしない方がよさそうだ。

無言のまま背後に用意されていたワゴンに向き直り、新しい茶の用意をする。ポットを手に、そっと背後の様子をうかがった。

まだ中身の残っているベスのカップに、身を乗り出したアンジェリカが何かを垂らしている。

向き直った時には、アンジェリカは元の位置に座って薄い笑みを浮かべていた。

「公爵様のことは、ひとまず置いておきましょう。お異母姉様の魔術の才能、国王陛下が気にかけてらっしゃるの。一度、戻ってもらえないかしら」

今の行動がなかったかのように、アンジェリカは静かな笑みを浮かべている。

「冗談でしょう？」

ベスが、生家で虐げられていた時には、国王だって何も言わなかったではないか。ベスが、めったなことでは夜会に出席しないのも、国王なら気づいていたはず。

それなのに、今さら戻ってこいとはどういう了見だ。ベスの魔術書に対する知識は、この国の人達がいてくれたからこそ気づけたものだ。

「お異母姉様、落ち着いて。お茶を召し上がったら？　お異母姉様の分、冷めてしまっていてよ」

ベスがカップに見向きもしないからか、アンジェリカはそんなことを言い出した。

「冗談でしょう？」

同じ言葉を繰り返す。

アンジェリカがカップに何を入れていたのかは知らないが、ろくなものではないのは間違いない。

＊＊＊

ベスが出て行った瞬間、ヴィンセントはエヴァンに耳打ちした。

「外の様子を探りたい」

「外？」

「あの娘がひとりで乗り込んでくるというのは、おかしいだろう？　本来なら、伯爵が来るべきだ」

「ヴィンセント様を怖がっているからではなく？」

おい、とエヴァンを睨んでやれば、彼は小さく肩をすくめた。

「まー、たしかに、あのお嬢さんひとりにベス様を説得させようというのもおかしな話なんで、誰か側にいるでしょうね」

どうすべきかひそひそと話をしていたら、上着の裾が引かれた。向き直ってみれば、そこにはカトリーナが立っている。

「私達、いい子で待っていられるわ。おじい様とおばあ様がザカリーのお祝いしてくれるし、パパはママを助けてあげて」

「カトリーナ……」

ヴィンセントは、カトリーナと視線の高さを合わせた。

いつだって、弟達を守ろうと懸命になっていたカトリーナ。

彼女のその気持ちは、今はベスにも向けられている。ベスも、今では大切な家族なのだ。

「僕も大丈夫」

「ニコも！」

ベスが作ってやったくたくたの人形を抱えたニコラスは、たぶん、ことの深刻さはわかっていない。それでも、子供達の気持ちが伝わってくる。

「三人とも……ありがとう」

三人まとめて、ぎゅっと抱きしめる。子供達の体温が、ヴィンセントを安心させてくれた。

「申し訳ありませんが、しばらく子供達をお願いします」

「任せろ。大切な孫だからな」

ケンドリック侯爵に向き直って頭を下げる。すぐにそう返ってきた。

「旦那様、お手伝いさせてください」

「犬も連れてきましょう。近くに怪しい者がいればすぐに気づきます」

使用人達も、次から次へと手伝いを申し出てくれる。

ベスが、こんなにも愛されているのだと改めて気づいた。

彼女が来てから、この屋敷は大きく変化した。

そんなベスを傷つけようとする者は、絶対に許さない。

犬係によって、犬達が連れてこられ、使用人それぞれが犬を繋いだ綱を持って去っていく。

すぐに犬達は、周囲に怪しい者がいる気配に気づいたようだった。警戒した様子を見せる。

ヴィンセントも、一頭の犬の綱を握り、屋敷の周囲を探索する。

(嫌な予感はするんだ……)

アンジェリカが何を考えてここに来たのかはわからないが、ろくな用件でないのはわかっている。

「……あんなところに」

地味な馬車が道端に停まっているのに気づいてつぶやく。

故障だろうか、それとも他に何か事情があるのだろうか。

声をかけようとすぐに決める。

「こんなところで何をしている?」

御者に向かって問いかければ、ぎくりとした様子でこちらに向き直る。

馬車の中には、誰か乗っているようだ。

「べ、別に……」

「こんなところで何をしているのかと聞いたんだが」

重ねて問いかければ、無言になってしまった。馬車が故障している気配もないし、公爵家をうかがえるこんな場所に馬車を停めているなんて、怪しいことこの上ない。

ヴィンセントは、馬車の扉を開いた。

「何をするんだ！」

「……これはこれはオルディス伯爵。ご令嬢は我が家にいるが、なぜ、あなたはこんなところにいるんだ？」

しかも、伯爵家の紋章もついていない目立たない馬車。何か、目的があるに違いない。

「う、うるさい！」

伯爵は、ヴィンセントが開いた扉とは反対側から逃げようとする。けれど、そこにはすでにエヴァンが回り込んでいた。

「こんなところで様子をうかがっているとは、よほど我が家に興味があるようだな。招待するから、ぜひとも受けていただきたい」

逃げ場を失い、顔色を変えている伯爵に、ヴィンセントはそう告げる。もちろん、伯爵に断る権利なんてなかった。

＊＊＊

ヴィンセントが応接室に飛び込んできた。ベスは、ゆっくりと扉の方に振り返る。

「ベス、無事か！　無事……無事、だったな」

ヴィンセントがほっと息をついたのは、テーブルクロスでぐるぐるに巻かれたアンジェリカの姿に目をとめたからだった。

「だから、言ったではありませんか。ベス様は問題ありません、と」

廊下からルーシーの声がする。

「な、何よ！　この屋敷は、令嬢をこんな風に扱っていいと思っているの？」

アンジェリカは、キンキンとした声を響かせる。その声に、ヴィンセントは顔をしかめた。

「お前の父親だがな、外にいるのを捕らえたぞ」

「あら、ヴィンセント様の方でも、怪しい動きがあったんですね。こちらは、アンジェリカがお茶に何か入れていました」

アンジェリカがお茶に何を入れたのかはわからないが、よからぬ目的で入れたに決まっている。

「特定の人物の言うことは、なんでも聞くようになってしまう薬だそうだ。飲んでないな」

「ええ」

さすがにそれは、想定していなかった。ベスにそんな薬を飲ませて、どうするつもりだったのだろう。

「一滴も？」

「もちろんです」

その返事に、ようやくヴィンセントの肩から力が抜ける。どうやら、よほど心配させてしまったらしい。

「とにかく、公爵家の人間に害を加えようとしたんだ。他国の貴族だし、王宮で預かってもらおう」

「嫌よ！　害を加えようなんてしてないわ！」

アンジェリカが叫ぶけれど、彼女の言葉に耳を傾ける者はいない。いや、ひとりだけいた。

「アンジェ、無事か！」

「無事に見えるの？」

引き立てられてきた伯爵は、シーツに巻かれたアンジェリカを見て声をあげた。そんな伯爵に向かって、ヴィンセントは冷たく吐き捨てる。

「クラディウス王国に引き渡す。いや、俺も一緒に行く。陛下の許可をすぐに取ろう」

ヴィンセントが、まさかそこまで言い出すとは思ってもいなかった。

「……よろしいのですか？」

「かまわない。二度と、君にこの者達が関わらないようにしなくては」

この家の人達が、どうなろうがベスの知ったことではない。けれど、結末だけは見届けたいような気もする。

「――何を！」

「黙れ！」

まだ、何事か喚こうとしている伯爵に、ヴィンセントはぴしゃりと言い放つ。その声は低く、いつもの穏やかな声音とはまるで違っていた。

彼に睨まれた伯爵は、目を丸くしてそのまま硬直する。それきり彼は、何も言えなくなってしまったようだった。

伯爵とアンジェリカは、速やかに王宮へと連行され、屋敷は落ち着きを取り戻したのだった。

それから二週間後。ベスはクラディウス王国の王都に到着していた。

子供達に見せたいものでもなかったから、留守番をお願いした。ケンドリック侯爵夫妻が同居してくれているから、ヴィンセントとベスが留守にしても問題はない。

王都の賑わいは、ベスが出て行った時と何も変わっていなかった。あの時との違いは、隣にヴィンセントがいることだ。

（もう、ここに来ることはないと思っていたのに）

伯爵家から出奔した時、クラディウス王国に戻ることはないだろうと思っていた。会いたい人もいなかったし。

あの時、壁の花となった王宮も、以前の壮麗さそのままだった。

けれど、隣国で過ごした月日がそう思わせているのか、以前のように不安な気持ちはどこにもない。

「スタンレー公爵、こんなに早く再会できるとは思ってもいなかった」

ベスとヴィンセントが通されたのは、謁見の間だった。そこにいるのは、国王と宰相、それに王太子である第一王子だけ。

これしか集めていないということは、今のところオルディス伯爵家のやらかしについては内密にしておきたいのだろう。

「そして、公爵夫人。たいそうな苦労をなさったようだな」

ベスに向けられたその声音には、いたわるような色があった。以前は、ベスの存在をなかったものとしていたくせに。

(どうにかして、懐柔しようとしているのかしら)

ベスの能力に、クラディウス王国の国王も興味を持っているという話は聞かされている。それで、伯爵も慌ててベスを取り戻そうとしたのだ、と。

けれど、ベスにはこの国に戻る理由はない。

「幸い、新しい家族に恵まれましたので、幸福に暮らしております」

にっこりと笑って国王に返し、ヴィンセントに目を向ける。幸せな微笑みと共に。

ベスの功績を思えば、取り戻したいと国王が願うのは当然かもしれないが、それにベスが乗らねばならない理由もない。

「……そうか」

「研究結果については、公表されると聞いておりますし。私にできることはもう何もないと思いますので」

まだ何か言おうとしていた国王の声を、ぴしゃりと封じる。不敬だろうかという思いも一瞬頭をよぎったけれど、つけ入る隙は与えたくなかった。

彼は、残念そうに片手で口元を覆う。

「オルディス伯爵家の者がわが国で犯した罪についても合わせて、罰を与えていただきたいと存じます」

横から、ヴィンセントが割り込んだ。話に割り込むのは行儀が悪いのだが、これ以上国王とベスを会話させたくないと思ったのだろう。

「……わかっている。厳罰に処す」

事前に手紙で、伯爵家の面々が何をしたのかについては連絡してある。それも踏まえて、国王は話をしてくれる気になったようだ。

「スタンレー公爵夫人に対する伯爵家の扱いは、虐待であった。また、夫人を取り戻そうとして公爵家に魔物を放ったこと、胡乱《うろん》な薬を用いて公爵夫人を操ろうとしたこと、いずれも我が国としては重く見ている」

ついでに言えば、薬は二本あり、ベスに使わなかった方はヴィンセントか、この国の第三王子に使うつもりでいたらしい。

「オルディス伯爵は、貴族籍を剥奪、僻地にて、強制労働をさせることとなった。夫人も、娘もだ」

「そうですか」

継母は、今回の騒動には加わっていなかったようだが、ベスを使用人として扱っていたのには違いがない。アンジェリカともども、強制労働につくのはしかたのないところだ。

「そして、我が国から夫人への償いだ。オルディス伯爵家は、夫人に継いでもらう」

「……陛下？」

ヴィンセントが眉を上げた。ベスをこの国に連れ戻す口実で、爵位を継承させようとしているのだろうか。ベスもそう受け取って、唇を引き結ぶ。

ふたりのようすに、説明不足であったことに気づいたらしい国王は、慌てて手を振った。

「ああ、いやそうではない。爵位は夫人が継ぎ、領地は代官に管理させればいい」

「……代官、ですか」

ベスが小さくつぶやく。ヴィンセントは、そっとベスの方に身体を寄せた。

「ベスとの繋がりを切りたくないのだろう。受け取ってもいいのではないか？　君は、何も悪くなかったという証明にもなる。この国の身分はもう必要ないかもしれないが」

ひそひそとささやいたが、狭い部屋だ。しっかりと国王の耳には届いている。

「そう厳しいことを言わないでくれ。他にこちらができることであれば、できる限りの償いはしよう」

「いえ、これで充分でございます」

伯爵家に未練はないし、爵位だってなくてもいい。けれど、母と暮らしたあの家がベスのものになるのなら、これ以上は望まなくていい。ベスは、静かに頭を下げた。

「いや、もうひとつある。伯爵に怪しげな薬を売り渡したり、我が家に魔物を侵入させたりしていた男も見つけてくれ」

ヴィンセントが付け足す。たしかに、それも解決しておかなければ。

「……わかった」

国王はそれにもうなずいた。

元家族の処遇についても、しっかり厳罰に処されると決まったから、これ以上を望む必要はない。

「公爵夫人、あなたの幸せを心から祈る」

「ありがとうございます、陛下」

最後の言葉には、素直に返す。

その祈りが現実になることを、ベスは確信していた。

# エピローグ

「ママ！」

子供達の声が、庭園に響いた。

「すごいわ、素敵！」

真っ白なウエディングドレスに身を包んだベスに、カトリーナがうっとりとした目を向ける。

子供達は、何度も仮縫いに付き合っていたから初めて見たわけでもないけれど、やはり髪を結って、綺麗に化粧をして、宝石類も身に着けた状態だと違って見えるらしい。

「ママ、おはなどーぞ」

「ありがとう」

ニコラスは、ベスにブーケを手渡す。子供達が選んだ花で作ったブーケ。赤、黄色、白にピンク。薔薇の花とカスミソウを中心に作られたブーケだ。

「ニコ、籠は僕が持つね」

ザカリーは、花弁がたくさん入った籠を手に、ニコラスに向かって手を差し出した。パッと顔を明るくしたニコラスは、張りきった顔でザカリーに並ぶ。

今日は、庭園で結婚式が執り行われる。公爵家の庭園には、一週間前から祭壇が作られていた。

ベスと同じように、白い婚礼衣装を身に着けたヴィンセントが、ゆっくりとこちらに歩いてくる。

「そろそろ、時間だ。準備はいいかな?」

子供達が、いっせいに手を上げる。

公爵家の庭園には、もう皆が集まっている。ケンドリック侯爵夫妻に、公爵家の使用人達。それから、この国に来てからベスの友人になってくれた人達も。

(……本当、こんな日が来るなんて考えてもいなかった)

ベスに対する扱いは虐待であったと正式に認められ、元家族は、今は就労施設に送られているそうだ。

元伯爵は、辺境の地の開拓、元伯爵夫人とアンジェリカは、辺境で開拓に当たる者達に料理を作ったり掃除をしたりと、身の回りの世話をしているらしい。それから、開拓された畑の世話も。肉体労働をしたことのなかった彼らにとっては、厳しい生活だ。

それと、伯爵に悪徳冒険者を紹介したり、薬を売りつけたりした男も見つかったそうだ。

金銭目当てとのことで、伯爵が失敗したら、それはそれでかまわなかったと供述したらしい。

どうせ、伯爵家の財産は残っていない。絞り取れるだけ絞り取ったらあとはどうなろうがかまわないという考えだったようだ。

ベスは存在すら知らなかったが、法を犯す依頼を受ける冒険者が集まる冒険者組合というものが存在している。王家の捜査の手は、その冒険者組合にも及び、所属していた冒険者達は皆、捕らえられたそうだ。

彼らもまた、罰を受けることになった。魔物がしばしば出没する危険な地で、魔物の討伐に当たらされていると報告は受けたものの、彼らに対して思うところはほとんどない。犯した罪にふさわしい罰を受け、償いを終えて更生するかどうかは彼らの問題だ。

「ザカリーとニコが先に行くのよ」

カトリーナの声に、満面の笑みを浮かべたニコラスとザカリーが、先に歩き始めた。籠の中から花弁をまいて、周囲の人達に手を振って歩く。

いそいそとカトリーナはベスの背後に回り、ベールの裾を持った。

ずらりと並んだ楽師達が、婚礼にふさわしい曲を演奏し始める。涙を拭いながら、この様子を見守っているケンドリック侯爵夫妻。

エヴァンとルーシーは、並んで手を叩いている。その横に並ぶのは、公爵家で働いているエヴァンの両親とルーシーの両親。

カトリーナとお菓子を作るのに厨房を貸してくれた料理人達。どの人も、今日を祝福してくれている。

「……君が、ここに来てくれてよかった」

「あなたが、私を見つけてくれてよかった」

歩きながら、ささやき合う。

あの時、ヴィンセントに声をかけられなかったら、ベスの人生は今と大きく変化していたはず。

血の繋がった家族には恵まれなかったけれど、ベスを迎え入れてくれた新しい家族がいる。

ルーシーもエヴァンも、ケンドリック侯爵夫妻も含めて新しい家族だ。

これからは、この人達と幸せになっていきたい。

「永遠に愛し合うことを誓いますか？」

そう問いかける司祭に、ベスは満面の笑みを浮かべてうなずいたのだった。

END

# 番外編　皆大好きな家族だから

今日は、急にザカリーの家庭教師が休みになってしまった。カトリーナは、マナーの勉強。ニコラスはエヴァンに連れられて、子犬の様子を見に行っている。

「……ママ、今、いいかな？」

ルーシーの母である家政婦と今日の夕食をどうするか話し合っているところに、ザカリーが申し訳なさそうにやってきた。

「どうしたの？」

「……えっと、お話が終わったら僕と遊んでくれる？」

「もちろんいいですよ！」

ヴィンセントは朝から仕事で出かけているし、ベスの方も予定はない。家政婦の用意した椅子にちょこんと腰かけたザカリーは、両手を膝の上に置いてじっとしている。

（……そういえば、最近ザカリーさんと過ごす時間が少なかったかも）

カトリーナとは、生活魔術の勉強をするために一緒に過ごすことが多い。ニコラスはまだ幼く、ベスの手が必要になる。食事の時も、ニコラスの席はベスの隣だ。

自分の意見をきちんと口にできるカトリーナとは違い、ザカリーは姉の陰に隠れていることが多い。その分、ベスに対する主張も難しいのかもしれなかった。

（……失敗してしまったわね）

子供達全員に気を配っていたつもりだったけれど、ザカリーが後回しになってしまっていたかもしれない。反省しながら、大急ぎで食材の発注をどうするか話を終える。

「ザカリーさん、今日は何をしますか？」

「うんとねぇ……厨房！」

「厨房？」

「うん。クッキー作るところが見たい」

子供達に頼まれると、時々クッキーやパウンドケーキなどの比較的簡単な菓子を作ることもある。ザカリーは、ベスが魔術でクッキーを作るところを見たいのだろう。

「では、そうしましょうか」

昼食を作り始めるにはまだ少し時間がある。バターを室温に戻す時間がいるけれど、その間は別のことをすればいい。

バターが室温になるまでの間、図書室で本を読む。ザカリーを膝に乗せて、絵本を二冊読んであげる。

「ママ、大好き」

「私も大好きですよ」

ベスの方に向き直って、ぎゅっと抱きついてくるから、ベスもぎゅっと抱きしめ返す。寂しい思いをさせてしまったとまた反省した。

それから、厨房に行き、魔術でクッキーの生地を作る。

バターを練り、砂糖を加え、そこに他の材料を混ぜ込んでいく。

「……すごい！　いつ見てもすごい！」

もう何度もやっているから見慣れた光景のはずなのに、ザカリーは目をキラキラとさせてその光景を見つめている。

「さて、次は生地を少し寝かせます」

「型抜きは？」

「うーん、今からだと、お昼寝が終わったあたりでしょうか」

昼食後、子供達は昼寝をすることになっている。これから昼食の準備で厨房を使い始めるし、そろそろ片付け始めなければならない。

「お昼寝が終わってから皆で型抜きをして、今日のおやつにしましょうか」

「……うん！」

生地を包んで、食料保管庫へ。昼食が終わるまでに充分休ませられるはず。

全員が昼寝から起きたあと、厨房に子供達が集合した。昼寝をしている間にベスが用意したのは、頭に巻く布とエプロン。あっという間に縫い上げたそれは、子供達とベスのお揃いだ。

公爵家にはたくさんのクッキー型がある。それぞれ好きなものを選んで、ベスが伸ばした生地を型抜きし始めた。

「ニコ、そっと、そっと抜くのよ？」

「あい、ねえさま！　む、む、む」

ニコラスは口を尖らせながら、丸型を抜こうとしていた。カトリーナは、その隣でニコラスを手伝っている。

「子犬の型はどこ？」

「ここにありますよ」

ザカリーには、子犬のクッキー型を渡してやる。

「次は、象！　それからお花！」

ザカリーはあいかわらずベスべったりだ。カトリーナも何か思うところがあるようで、積極的にニコラスの相手をしてくれている。

（今度は、カトリーナさんに負担が行きすぎないようにしないと）

カトリーナだってまだ甘えたい盛りだろう。ベスが与えられなかった愛を、子供達に思う存分与えられる今は幸せだけど、誰かに負担が偏らないよう気を付けないと。

やがて、厨房にはクッキーの甘い香りが漂い始めた。

「どこで食べる？」

「サンルームがいいな」

カトリーナの言葉に、ザカリーが今日のおやつの場所を提案する。

「パパと、ルーシーも！」

「ルーシーを呼ぶなら、エヴァンも呼ばないとね？」

ニコラスは主張し、そんなニコラスの頭をカトリーナが撫でる。

「では、皆で仕事部屋まで迎えに行きましょうか。そうそう、おじい様とおばあ様にもお声がけしましょうね」

侯爵夫妻は、まだ屋敷で生活している。先に仕事部屋に行き、次に侯爵夫妻を呼びに行くことにした。

ルーシーに支度を頼み、子供達を連れたベスは、まず仕事部屋に向かう。

「パパ、お茶にしない？　エヴァンも」

ザカリーが声をかけると、内側から扉が開かれた。中から顔を見せたのは、ヴィンセントである。見上げる子供達に、彼は穏やかな目を向けた。

「お茶か。いいな。今日はどこだ？」

「サンルームよ」

カトリーナが返事する。

「じーじとばーばも！」

ニコラスは、両手を上げた。それだけでは足りないらしく、その場でぴょんぴょんと飛び跳ねている。

「ルーシーが今、サンルームに用意してくれているんです。これから、侯爵夫妻にもお声がけをする予定です」

子供達の言葉にベスはつけたした。

仕事部屋にいるヴィンセントとエヴァン、それから今お茶の準備をしているルーシーに、侯爵夫妻。皆、ベスの大好きな家族だ。

「エヴァンも行けるか？」

「もちろん！　仕事が終わらなくても行きます」

「そこはどうにかしろ――ベス、先に行っていてくれ。すぐに行くから」

「はい、ヴィンセント様」

顔を上げると、ヴィンセントと視線が合う。彼は柔らかく目を細め、ベスは改めて幸せを噛み締めた。

あとがき

雨宮れんです。

『ママ母ですがっ！　～ひとりぼっちだった私が、ぽかぽか大家族の一員になるまで～』お楽しみいただけたでしょうか。

今回は、貴族社会から弾き出され、使用人同然にこき使われていた女の子が主人公です。

長い間使用人のように扱われ、卑屈になっていたベスですが、ついに家を飛び出します。飛び出した先で出会ったのは、問題を抱えた公爵家の人々。

お互い大切に思いながらも、なかなか意思疎通がうまくいかなかった家族の間に入ったベスは、家族の関係改善に大きな役割を果たします。

そして、公爵家の皆から大切にされることで、ベスも愛されることを知っていきます。

エヴァンも、ルーシーも、ケンドリック侯爵夫妻も、皆大切な家族。

こうして、ベスもぽかぽか大家族の一員となりました。きっと、これからは皆幸せに暮らしていくことでしょう。

そんなぽかぽか大家族を描いてくださったのは、紫《むらさき》真依《まい》先生です。キャラクターデザインを見ては「可愛いぃぃぃ！」、表紙や挿絵のラフを見ては「可愛いぃぃぃ！」、完成形を見ては「可愛いぃぃ！」と、毎回大はしゃぎでした。すばらしい家族に胸がいっぱいです。

お忙しい中、お引き受けくださり、本当にありがとうございました。

担当編集者様、今回も大変お世話になりました。打ち合わせの時から、とても楽しいお仕事でした。今後もどうぞよろしくお願いします。

ここまでお付き合いくださった読者の皆様もありがとうございました。

ぽかぽか大家族のわちゃわちゃな日常、楽しんでいただけたら嬉しいです。

近いうちに、ＷＥＢでも何かやりたいと思っているので、また、ベリーズカフェでお会いしましょう！

雨宮《あまみや》れん

ママ母ですがっ！
～ひとりぼっちだった私が、ぽかぽか大家族の一員になるまで～

2024年12月5日　初版第１刷発行

著　者　雨宮れん

発行人　菊地修一

発行所　スターツ出版株式会社

〒104-0031　東京都中央区京橋1-3-1　八重洲口大栄ビル７F
TEL　03-6202-0386（出版マーケティンググループ）
TEL　050-5538-5679（書店様向けご注文専用ダイヤル）
URL　https://starts-pub.jp/

印刷所　大日本印刷株式会社

ISBN　978-4-8137-9394-6　C0093　Printed in Japan

［雨宮れん先生へのファンレター宛先］
〒104-0031　東京都中央区京橋1-3-1　八重洲口大栄ビル７F
スターツ出版（株）　書籍編集部気付　雨宮れん先生

恋愛ファンタジーレーベル

好評発売中!!

毎月5日発売

定価:1430円(本体1300円+税10%)　ISBN 978-4-8137-9226-0